利益創造正義，正義產生利益。—*How Much is Your Justice？*—

## 第一話
# 「訪問之國」
## —Out of the Question—

# 第一話「訪問之國」

—Out of the Question—

**國營日報・街頭訪問　特別篇**

**確定未來方向的年輕旅行者——奇諾。職業・旅行者。**

本單元以街頭隨機訪問路人，介紹其生活方式為主要內容，這次刊載的是特別篇。

受訪的是上星期入境之後，停留三天就離開的旅行者奇諾。

本報記者碰巧遇到正準備出境的奇諾，並順利訪問到她。讓我們來看看年輕旅行者四處旅行的理由及想法為何？

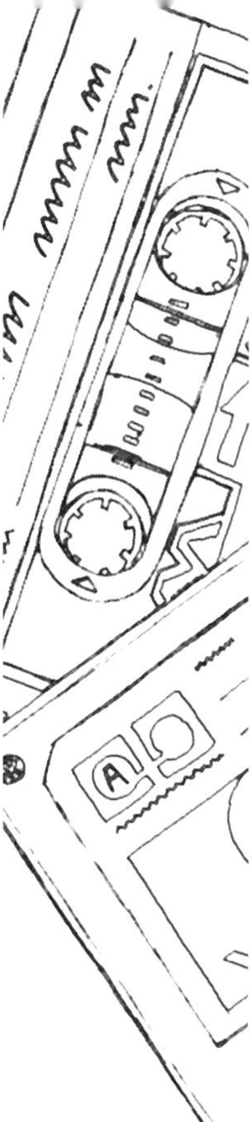



啟程旅行跟年齡無關——看到奇諾時更加深我如此的想法。

據說奇諾在年僅十二歲時，就決定離開生長的國家。

「在我的國家，十二歲以前都算是小孩子，但是年滿十二歲之後就會被當成大人看待。對這種制式規定感到反感的我，決定出來旅行，而且年紀可能也剛好適合呢。我在生日那天做了這個決定，而且下一年的生日還沒到，就已經衝到外面的世界了（笑）。」

這就是年僅十二歲，就自行把原本是一堆破銅爛鐵的摩托車（註：兩輪的車子，尤其是指不在天空飛行的交通工具）修好並騎出來旅行的奇諾。對現今本國的孩子來說，要叫他們學習這種行為實在太殘酷了。不同的國家有不同的生活方式，教養方式也會不同，但是培養一個人訂下人生目標，並朝著它勇往直前的勇氣，永遠都不嫌早。

但話說回來，當初妳父母沒有反對嗎？

「當然是極力反對囉（笑），不過他們的個性都是一旦決定了，就一定會貫徹到底的類型，所以當我堅持自己所做的決定之後，他們倆也就支持我到底。現在仔細想想，我還真的是遺傳到他們的血統呢（笑）。」

於是，奇諾就離開國家踏上旅程，不過要一個十二歲的孩子突然展開長途旅行，當然是太勉強了，因此她剛開始不斷重覆先到附近的國家，再回自己國家的做法，沒想到即使是這樣的短途旅行，也不是進展得很順利，更何況她年紀還太輕。正當奇諾為稱不上是旅行的「失敗旅行」感到挫敗煩惱時，正好在森林裡遇到一位讓她尊為「師父」的老人。那是個偶然的邂逅。

「當時我正為了自己不夠獨立而感到苦惱，於是就跟著師父生活了一段日子，我在那兒學習了包括槍法在內等各式各樣的技能。」

了解自己有必要對各方面都做好相當程度的準備與訓練的奇諾，就在那裡過著修行的日子。

「不過，現在仔細想想，我會遇到那個人該不會是……」

奇諾的心中至今仍有個疑問。自己可以遇上那麼好心的人，真的只是偶然嗎？搞不好是慈祥的父母因為擔心孩子，而拜託認識的人幫忙照顧呢！

「如果真是那樣就好了……不過，也無從得知了。」

令人遺憾的是，奇諾的父母在她接受訓練期間，不幸在一場火災中喪生了。據說奇諾在接到消息之後，就斷然放棄回去故鄉的念頭。

「我就是在這時候下定決心要遠行的，加上師父也答應讓我『出師』了，要我儘管去自己想去的地方，我才做這個決定的。從我十二歲的生日開始算，時間已經過了三年呢。」

後來正式踏上旅程的奇諾走遍各個國家，又不斷往新的國家邁進。在這樣四處旅行的日子裡，到底都過著怎樣的生活呢？

「你是指旅行中需要擔心的事情嗎？應該是能不能吃飽吧（笑）。旅途中我主要都是吃攜帶糧食，但是只要一發現看起來像是可以吃的水果就立刻衝上去（笑）。」

人類果然不吃東西就無法活下去，這是理所當然的事情，也請理直氣壯地放手去做。

「除此之外，我也常吃魚呢，我會把釣到的魚烤來吃。像現在這麼寒冷的季節魚肉不容易腐臭，真是天助我也。我還曾經把魚掛在摩托車上，結果在行駛的過程中被鳥叼走呢（笑）。」

看來，透過旅行，能感受到人類與大自然融為一體的感覺呢。

「每當看到浩瀚的大自然所創造出來的美景，我就會覺得出來旅行真是太棒了，不過更讓我難以忘懷的，是在旅途中遇到的其他旅行者。他們都是非常好的人，看我還很年輕，會主動詢問我有沒有什麼需要幫忙的地方，或有沒有吃飽什麼的，甚至還有人把手邊所剩不多的糧食分給我呢。」

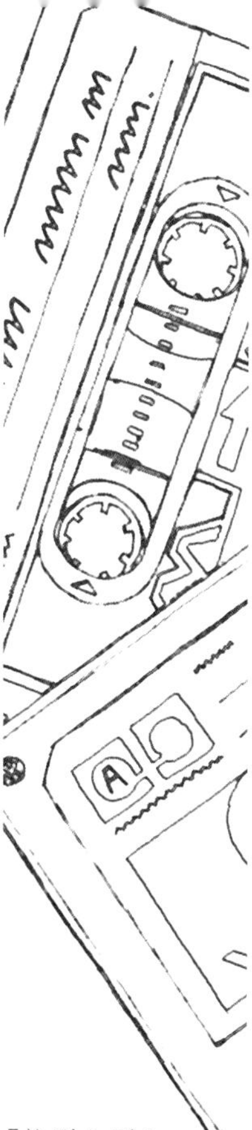

旅行者是一群很有伙伴意識的人們。或許正因為他們都是遠離同胞獨自生活的人，所以會更加親切對待境遇相同的人們吧。但是在這裡，希望國人務必要了解一件事，那就是旅行者之間有時候也會發生爭執的。

「接下來有什麼打算呢？」當我提出最後一個問題時，奇諾開心地笑了。

「我打算繼續旅行下去，不過在那之前，我大概會先回故鄉一趟，然後在那裡當老師，如果可以的話啦。我想把自己在旅途中所學到的事物，教給其他對未來充滿不安的孩子們，如此一來他們就不需要刻意出來旅行了。更重要的是，只要留在國內生活，就能夠活用那些知識呢。」

沒問題的。如果是奇諾，一定可以實現當老師的夢想。我們堅信距離妳當「老師」的日子已經不遠了。

「如果這個願望真的實現了，我一定會很自傲的，還會跟學生說：『老師曾在某個國家接受過訪問呢』（笑）。」

＊　＊　＊

「妳好，奇諾。今天就有勞妳幫忙了。」

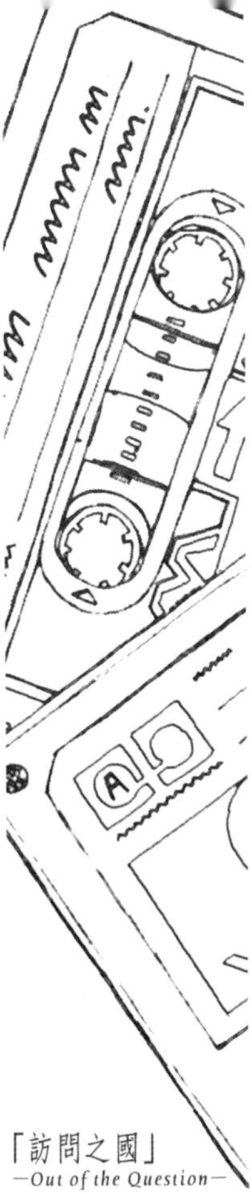



「沒問題……請問，可以訪問漢密斯嗎？」

「是這樣的，原則上我們只打算訪問旅行者奇諾而已。至於摩托車漢密斯先生，這次就麻煩你不要做任何發言。」

「知道了——既然人家都這麼說了，漢密斯你就暫時閉嘴吧。」

「知道啦——反正能要的東西都要到了，接不接受訪問我就無所謂了。那不然我睡覺好了，等訪問結束再叫醒我吧。」

「這樣也好——呃……那麼請開始問吧。畢竟我也收了不少謝禮，所以一定會盡可能有問必答的。」

「啊，謝謝妳的配合，不過我會避開謝禮的話題，啊哈哈。畢竟這是國營日報，我們就當做是在城裡偶遇，然後妳願意免費接受我的採訪好了。」

「我知道了。」

「呃——那麼我們開始吧。再次提醒妳，有關今天這個訪問，我們希望奇諾能盡量暢所欲言，我們會把妳在旅途中所發生的事情寫成報導。只是很可惜，今天就要出境的奇諾，將無緣閱讀這篇報導……」

「那也是沒辦法的事，請不要太在意。」

「能聽妳這麼說真是太好了——那麼，因為這個國家的人對不常出現的旅行者，總抱持難以形容的崇拜，因此只怕連再小的事情都會想知道。」

「我只要照你提問的問題老實回答就行了嗎？」

「是的，請妳務必幫忙！因為大家都想了解旅行者真實的生活情形，我會把妳的回答一五一十地記載下來。如果遇到妳認為『實在是無可奉告』的部分，也請妳直接告訴我，我是不會打破砂鍋問到底的。」

「知道了。」

「那麼，首先是個老掉牙的問題，請跟我們說奇諾的旅行是怎麼開始的。妳是什麼時候出來旅行的？怎麼會想要出來旅行呢？妳家人沒有反對嗎？」

「呃……在我十二歲生日以前，我一直住在我出生的國家，上學讀書，過著平凡的生活。」

「這樣啊，這麼說妳是十二歲時出來旅行的？」

「我想應該是。」

「好早哦～真叫人訝異呢。那麼，妳旅行的理由是什麼呢？」

「這個嘛……因為那個國家的小孩子一旦長到十二歲，就必須接受準備脫胎換骨當大人的『手術』。」

「『手術』……？這是一種形式上通過儀式的名稱嗎？」

「咦，不是的。我聽說真的會把腦袋剖開，然後在大腦某個部位動點手腳。這樣的話，就會變成即使面對厭惡的事都能笑臉以對，對社會有所幫助的『成熟大人』。」

「這、這樣啊……」

「然後，本來我準備接受那個看似理所當然的手術好變成大人，但是就在手術之前，我跟偶遇的旅行者談過之後，就對這件事抱持著疑問。」

「所以妳是受到那名旅行者的影響，所以動起想去其他國家看看的念頭囉？」

「不是的。我馬上跟父母親表明，說我不想動手術，結果他們立刻大發雷霆，說我有那種想法是錯誤的——」

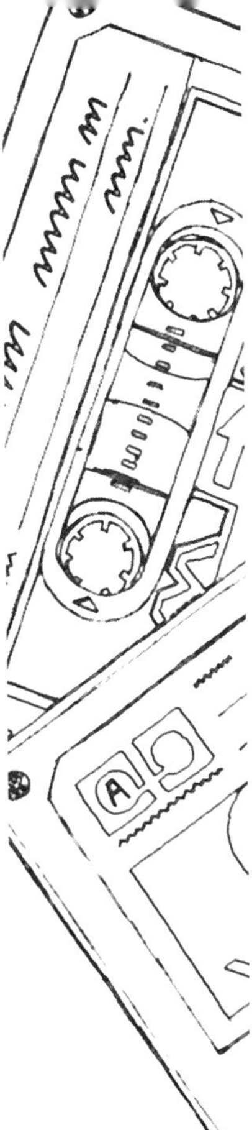

「還被罵了啊，看來反抗傳統果然需要勇氣呢。」

「是啊，結果我就因此被當成不聽父母話的『廢物』，並且面臨被賜死的下場。而那名旅行者為了保護我，還當著我的面被我父親刺死。」

「…………」

「那時候我本來死定了，正當我打算放棄的時候，現在正在睡覺的漢密斯——就是被那名旅行者修好的破銅爛鐵提議我逃走，於是我就跳到摩托車上衝出我從小生長的國家——所以，離開故鄉並不是出自我個人的意願……只是為了活下去而做的決定。」

「……呃……那個，看樣子——還真是重大的決定呢……真的很重大——後、後來妳就像這樣繼續旅行，是嗎？」

「咦？不是的——後來我因為不知道該如何是好而四處徘徊，連吃的東西都找不到，我還一度以為自己會死在森林裡呢。就在那個時候，我遇見了『師父』並得到她的幫助，於是跟她生活了一段期間。我在那兒學習了包括槍法在內等等各種技術。」

「原、原來如此，多虧有她親切的指導才造就出今天的妳。」

「是的。只是她都會趁我熟睡的時候，毫不留情地用ＢＢ彈打我。」

「…………後來，妳就開始旅行？」

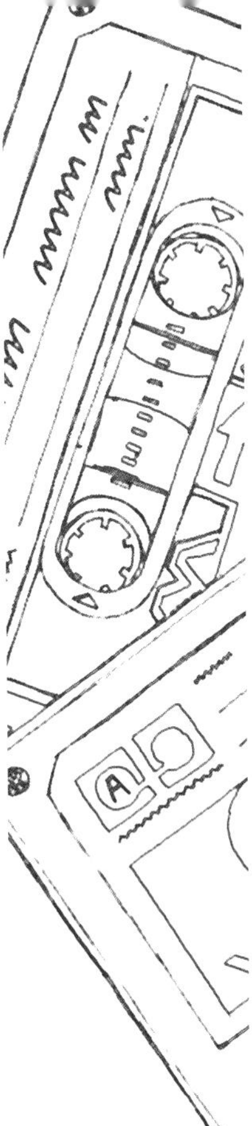

「當然不是馬上就開始旅行。我跟那個人一起生活，每次聽她講以前旅行的故事就很想去旅行，根本是到了心嚮神往的地步呢。」

「這麼說的話，妳是在那兒遇到了什麼促使妳出來旅行的契機囉？」

「這個嘛……算是吧，可以那麼說啦。在發生『那件事』之後，我想出去旅行的念頭就越來越強烈了。」

「原來如此，那是什麼事呢？」

「呃——我前面不是有提過，在我出生的國家遇見了後來死在我面前的旅行者嗎？某個因緣際會讓我見到了他母親。」

「天哪！發生了這麼湊巧的事情啊！」

「是的。因為他可以說是為我而死的……所以我一直惦念著要是遇到認識他的人，一定要跟對方道歉，這個想法一直在我腦中盤旋不去。」

「那麼，妳們碰面後發生了什麼事呢？」

「我轉告了她兒子的事之後，她就跟我說：『謝謝妳告訴我這件事』。」
「我懂了。是當時他母親的仁慈促使妳重新看清自己踏上旅途是吧？」
「不。後來他母親對我下毒，甚至想趁我倒地的時候把我勒死。」
「咿⋯？」
「結果，我開槍殺了那位母親。」
「⋯⋯⋯⋯」
「我回到師父那兒之後，對自己到底該如何是好煩惱不已。然而在聽過師父旅行的故事之後，我還是很想出去旅行——」
「原、原來如此，所以妳就找她商量對吧？」
「沒有。要是問了她之後，她卻持反對意見，我怕我的決心會動搖，所以就騎著漢密斯自己跑出來了。當時我還未經允許帶走很多東西，要是回去的話她絕不會輕易放過我的。」
「⋯⋯這、這樣啊——我非常了解，促使妳出來旅行的⋯⋯契機了。呃——接下來是有關旅行途中的日常生活⋯⋯」
「是。」
「請問在妳決定前往下個國家旅行的時候，妳會優先考慮以及最重視的是什麼事情呢？」

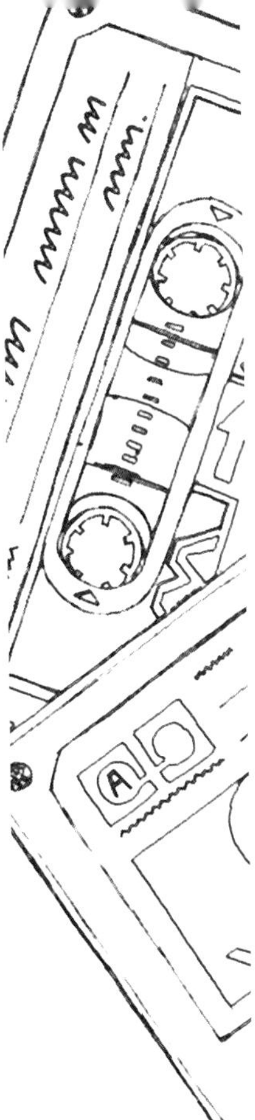



「吃的事情。」

「原來如此，是先確定是否有食物可吃啊？這的確很重要呢。妳平常都吃些什麼呢？」

「前往下一個國家途中主要都是吃攜帶糧食，不過只要發現能夠吃的動物，我就會立刻開槍獵殺並肢解。大部分都是兔子或鳥類，雖然森林裡有很多鹿，不過一個人吃一頭鹿分量實在是太多了，所以我不會殺牠們。倒是小鹿吃起來分量就剛剛好，肉質柔軟又美味，所以我都是殺小鹿而把母鹿趕走。」

「這、這樣子啊……是烤來吃嗎？」

「是的。我還是覺得吃肉比較能夠提振精神呢。」

「這樣啊……」

「像現在這種寒冷時期就有助於防止肢解的肉塊腐爛，這可幫了我不少忙呢。我還會把鹿或山豬的後腿放在漢密斯上面載著到處跑呢，雖然漢密斯很不喜歡我那麼做就是了。不過這種時候就得小心來自空中猛禽的偷襲。」

「原來如此……食物的話題就先說到這裡，請問旅行途中最令妳覺得辛苦的是什麼事呢？」

「這個嘛……應該就是顛簸的道路啦、嚴酷的天候啦、長時間不能洗澡啦、還有剛剛提到的食物問題。雖然有許許多多不便之處，不過讓我覺得最麻煩的應該是——」

「應該是什麼？」

「活生生的人類。」

「什麼？妳是指其他人嗎？」

「是的。」

「旅行途中遇到的其他人……就我的觀點來看，應該能讓妳難得閒話家常一下，或交換旅行的情報，不是會帶來許多方便嗎？」

「沒錯，的確是那樣。」

「應該也有彼此都是旅行者的伙伴意識吧？」

「是的，不過在我遇過的人當中只有一半會有這種意識，剩下的那一半就很危險。他們野蠻地想搶走我的東西，還想對我做什麼不軌的行為……那種人自然而然會流露出詭異的笑容或舉止，因此多多少少看得出來，所以我還能事先保持警覺。其中有些人一看到我有所警戒就會乖乖放棄，但也有人不肯輕易死心。」

「那麼……要是真的遭到襲擊的話……奇諾妳會怎麼做呢？」

「我會反擊。」

「……呃——具體來說是怎樣的反擊？」

「要是等對方的說服者指著你，或準備瞄準你的時候才開槍，你的小命就不保了。」

「…………會、會被殺啊？」

「是的。當雙方互相用槍瞄準的時候，是不太可能手下留情的。加上我的『卡農』口徑很大，用的又是極具破壞力的子彈，就算只瞄準對方的手腳，傷口也會非常嚇人。我猜對方應該會失血過多而死亡吧。」

「可、可是……趁人不備就開槍射擊對方，未免太過分了吧……」

「不那麼做的話，死的人會變成我。」

「話、話是沒錯啦……還真是辛苦妳了……呃——倒是妳剛剛還特地強調『活生生的人類』是什麼意思啊？」

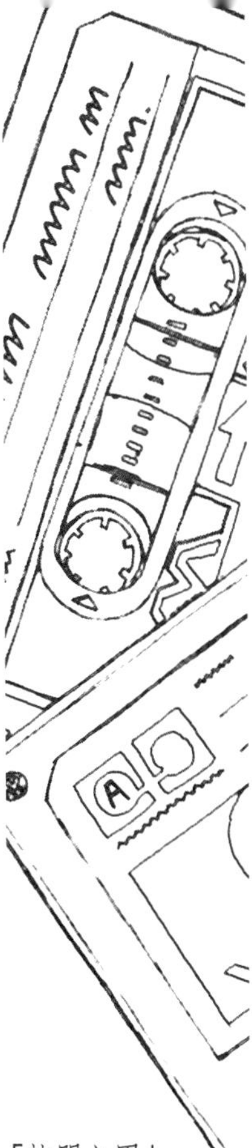

「也就是說，如果遇到的是死掉的人類就完全不構成問題了。像有時候會在路上遇到死在路旁的屍體。他們有的是旅行者，有的並不是。」
「那種時候當然就是替他們默哀，並慎重埋葬對吧？」
「不，我不會那麼做，反正他們遲早會被野生動物吃掉。」
「……………」
「我看到旅行者的屍體，最先想到的是——」
「是什麼？」
「是有沒有什麼能用的東西。」
「……………」
「如果是沒什麼用的物品就留在原地，但有時候會翻到一些貴金屬或寶石、攜帶糧食、武器或子彈，還有其他應該能賣錢的東西。」
「那種時候……難不成，妳就把遺物搜括一空？」
「沒錯。太大件的物品當然不能拿，因為實在不想被別人誤認為自己是殺人劫財，因此只好捨棄特徵較為明顯的物品，譬如說戴在手上的戒指——之前我還曾遇過有旅行者一看到屍體就先看他的牙齒，如果有鑲金牙，就會敲碎死者的下巴，把金牙全取下來，然後熔成金子再轉賣。不過我實在不想做得那麼絕。」

「…………」

「訪問完啦?奇諾。」

「訪問完了。」

「比我想像中的還要快呢。」

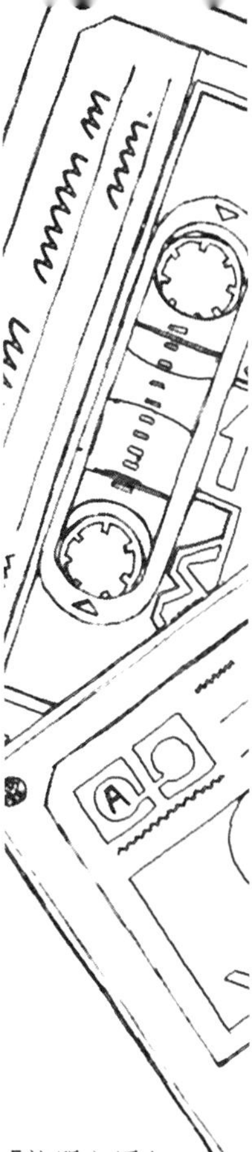

「訪問之國」

—Out of the Question—

# 第二話
# 「一群吹牛者的故事」
—Fantasy—

# 第二話「一群吹牛者的故事」

## —Fantasy—

這是發生在某個國家，某家飯店餐廳裡的故事。

這棟木造建築物的一樓規劃為餐廳。其地板、牆壁都是由木板釘成的，高大的天花板上還有好幾根屋樑。

至於屋樑與屋樑，還有屋樑與牆壁之間都掛了許多粗繩。

感覺就像掛了好幾十條繩索的帆船幃桿似的，緩緩垂到人類頭部左右的位置。

地板上擺了大約二十張圓桌，其中只有一張排了幾把椅子，坐著四名旅行者。

他們全都是今天剛入境的旅行者。

一個是駕著馬車旅行的五十多歲大叔。

一個是開著四輪驅動車到處跑的三十幾歲大姊姊。

一個是原本採徒步旅行，然而跟那位大姊姊混熟之後就開始搭她便車的二十幾歲大哥哥。

最後是在腰際掛了一把大型左輪手槍，頭髮短短的、看起來像是十五、六歲左右的摩托車騎

「一群吹牛者的故事」
—Fantasy—

士。

四個人一起用完餐之後就邊喝茶邊交換旅行者的情報。四周沒有其他客人，就連應該在吧台的酒保都不見人影，就在這個時候——

「聽說這裡有旅行者耶！」

這個國家的居民一面開心地大喊，一面靠了過來。不一會兒長桌旁就聚集了三十個人左右，把訝異的旅行者團團圍住。

居民們向旅行者們簡單地打過招呼後，其中一人如此說道：

「請問你們，聽說旅行者很愛聊『我過去曾見識過這樣的國家』之類的話題，不過因為聽眾並沒有機會證實，所以有時候應該是瞎掰的。怎麼樣，要不要對我們這些人說說『類似的謊話』呢？我們想聽聽現實生活中不可能發生的奇妙故事。」

訝異的四個人一聽到對方接下來說，只要他們說些有趣的吹牛故事就不需要付這一餐的錢，自然不可能沉默不語。

於是大叔率先開口：

「我曾經待過一個國家。那裡所有的國民都是重達百貫（註：一貫＝3.75公斤）的胖子，每個都肥到讓人無法想像那是人類的地步。但可能是他們覺得越胖越有魅力吧，所以每天都攝取大量的食物。即使肥胖很容易導致疾病，他們也不放在心上。而且，如果能胖到無法走路的程度，那個人就會被奉為偉大的『聖人』，可以過著拚命吃東西，並且讓旁人照顧他到死為止的生活。那種人的體重達三百公斤以上，肉體因為太重了以至於跟骨頭剝離，所以根本無法行動，老實說那種樣子真的不像是人類呢。」

接下來是大姊姊：

「如果要說讓我最訝異的國家，應該就是那裡了吧。那個國家的風俗習慣是，只要嬰兒一出生就要砍掉他的一隻手或腳。他們覺得四肢健全的人太過完美了，基於『人類並不美麗』的道理，他們毫不考慮就砍掉正常的手腳，甚至還有販賣專門用在這方面的工具呢。當然那兒的百姓都沒有完整的手腳，那也成了他們理所當然的審美標準。不管我走到哪裡，都會聽到『妳雙手雙腳都健全，不覺得很可恥嗎？』還遭受他們的白眼。我害怕如果再待下去，自己很可能手腳不保，所以就逃離那個國家了。」

然後換大哥哥：

「我曾去過的國家絕對讓你們跌破眼鏡。那個國家有一條所謂『中年法』的法律，只要你到了中年，也就是能夠分辨是非的年紀，那麼就算犯罪也不會有事，只需要接受簡單的輔導處分就能免去坐牢的刑責。他們的理由是『能夠分辨是非的大人如果犯罪，鐵定有什麼無可奈何的理由，所以一律不問罪。』所以在那個國家的共通語言就是『有什麼想做的事情等中年再做』。當然大部分的成人都過著平凡的生活，但偶爾還是會發生很嚴重的犯罪行為，這一點讓我覺得生命受到威脅，所以就立刻出境了。」

最後是摩托車騎士：

「我曾經看過整個國土會移動的國家喲。這個國家跟所有國家一樣，都有巨大的城牆，不過下面

「一群吹牛者的故事」
—Fantasy—

卻裝了許多的履帶並且轉動個不停。而國民就待在其中生活，悠哉地四處旅行。當我入境的時候，正好遇到不讓他們通行的國家，但是移動的國家用強力的雷射把對方的城牆像紙一樣燒毀，而且無論面對什麼樣的飛彈攻擊都擋了下來，所以不一會兒就通過那個國家。我猜那個國家如今也在什麼地方徘徊吧。」

四個人的故事都講完了。

居民們都顯得非常開心。他們既訝異又開心地笑著說：「不可能有那種國家啦。」樣子看起來非常滿足。

他們感激地說：「不愧是旅行者。」在支付四名旅行者的飯錢之後，留下「明天還要早起呢，我們回家吧」這句話——

接著就像當初來的時候那樣一起離開了。

現場只留下那四名旅行者。在突然鴉雀無聲的餐廳裡，大叔如此說道：

「你們幾個——應該嫌說謊麻煩，所以就把實際造訪過的國家拿出來說對吧？」

另外三個人都點頭承認，當他們盯著大叔的臉看時，大叔也很乾脆地坦承了。

「沒錯，我也是。」

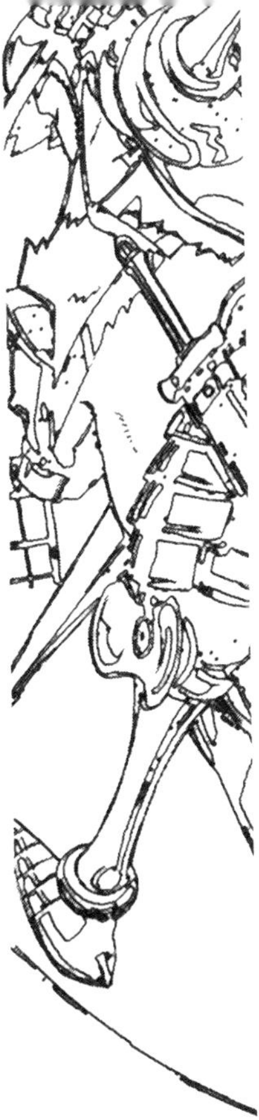

「一群吹牛者的故事」
—Fantasy—

然後接著說：

「可是……剛剛的事情也讓人很訝異呢……」

另外三個人都點頭贊同，然後四個人同時抬頭看著橫掛在半空中的繩索。

「這個國家也很勁爆耶……」

大叔小聲喃喃說道，另外三個人則堅定地點頭回應。

四個人抬頭望著繩索。

目不轉睛地望著剛剛那些人倒吊的繩索。

這時候酒保在吧台用膝蓋倒吊在繩索上。

「要不要再來一杯啊？」

他就這麼倒吊著，一面擦拭玻璃杯一面問道。

# 第三話
# 「保護之國」
—*Meritocracy*—

# 第三話「保護之國」

## —Meritocracy—

那兒放眼望去是一片平坦的草原，花草愉悅地隨風搖曳，只有幾棵稀稀疏疏的樹木。接近傍晚的太陽還掛在天空放出光芒，浮在各處的白雲則被映照成鮮艷的橘色。

那輛車子的外觀是黃色的，而且非常迷你，整體看起來也破破爛爛的。冒著黑煙的排氣管則隨著凹凸不平的泥土道路咆哮震動，眼看就快要脫落。後照鏡也滿是裂痕，引擎蓋的角落還因為生鏽而缺角。

即使如此，車子依舊在廣大的草原上拚命奔馳。

此刻時值夏季，氣溫當然很炎熱，但由於濕度不高，還算相當舒服。無論是坐在駕駛座開車的男子，或坐在左邊副駕駛座的女子，都享受著從車窗迎面吹來的舒爽涼風，他們襯衫的衣領也隨風飄動。

在駕駛座上，身材略矮但長相俊俏的男子單手握著方向盤，並對著隔壁的女子說：

「師父，入境之後要不要稍微休息一陣子？」

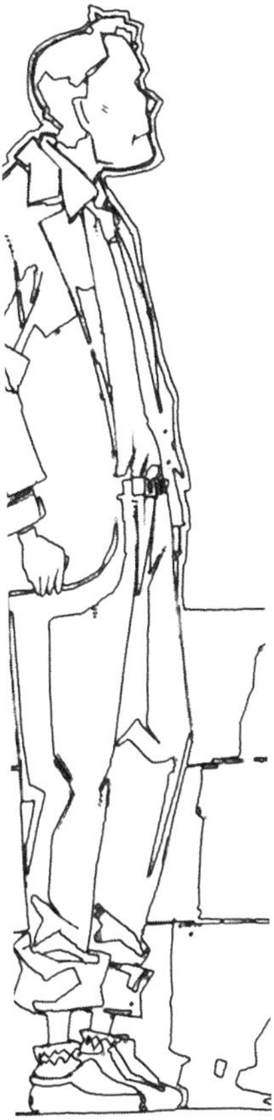



被稱呼為「師父」，有著一頭黑色長髮的女子，連看男子一眼都沒有就這麼回答：

「你所謂的『休息』是什麼意思？」

「就是字面上的意思嘛。我們根本不需要賺錢工作，就能在停留期間過著悠哉的生活，因為從商人那兒搶來的寶石，可以讓我們不愁吃穿好一陣子呢。」

女子雖然沒有回答，不過也沒有特別反對。

「況且我也想過過睽違許久的飽食三餐的生活。」

就在男子這麼說的同時，已經可以從前方的地平線看到城牆了。

車子慢吞吞地接近城牆，不過道路兩側似乎有什麼東西在動。

於是男子把車速放慢。原來在草原上動來動去的是一群動物。

牠們身長大約六十公分。乍看之下很像是鳥類，然而卻像企鵝那樣步行，還有著像猴子般的長手臂。

牠們全身長滿貓一般的毛，並帶有棕色與奶油色的斑點，還有一條像狗那樣毛絨絨的尾巴，臉如同小熊般有著圓滾滾的眼睛跟小小的鼻子。

「哇～我還是頭一次看到那樣的動物呢。」

男子如此說道，女子則不發一語地看著從草原中探出頭來的動物。

接著車子就在大約三十隻動物的注視下進了城門。

這兩人入境的國家是不算大也不算小，以農業為生，四周也沒有敵國的和平國家。

一得到入境許可，兩人就迅速把寶石給賣了，投宿在相當豪華的飯店裡。兩人洗了睽違已久的熱水澡，享受美味的食物，就這麼沉浸在舒適的氣氛裡。

隔天，就在兩人吃著早午餐時——

有動物進入生意清淡的餐廳。

牠們跟昨天在國境外看到的是同一種的動物，只是顏色不太一樣，身上的斑點是黑色跟棕色，體型也比較壯。

那隻動物用兩隻腳走路，穿過桌子之間的縫隙走近兩人所在的位置。

「想不到國內也看得到這種動物，是寵物嗎？」

男子問道。

「不知道。」

女子邊喝茶邊冷淡地回答。

那隻動物一來到男人的旁邊，就咻地往上跳。牠赤腳跳到桌子上後，眼睛望著男人準備稍後才要享用、擠滿許多鮮奶油的泡芙。

「不行，這不能給你吃喲！」

男人邊說邊揮著右手想把牠趕走，就在這個時候——

「啊啊！旅行者先生！不可以那麼做啊！」

因為服務生喊得很大聲，讓男人的動作停了下來。女子也保持嘴貼在杯子旁的姿勢往上看。

就在這時候——

「喲喲喲呦喲！」

那隻動物一叫完，就機靈地把男人的泡芙給攫走了，然後緊抓著泡芙吃了起來，整張臉沾滿了奶油。

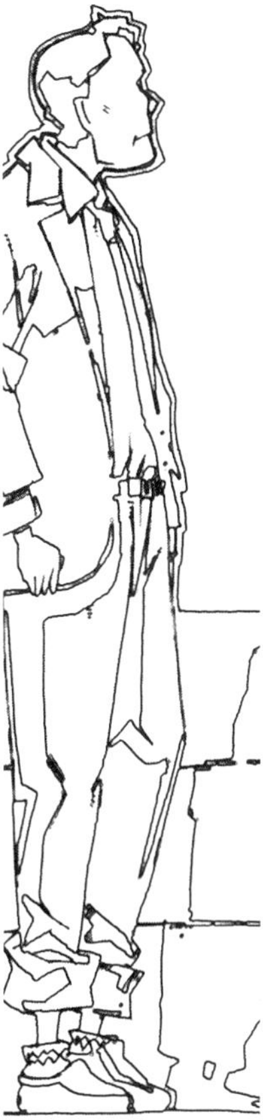

「保護之國」
—Meritocracy—

「啊——」

當男人被嚇得目瞪口呆時，牠正卡滋卡滋大口吃著，而服務生也在此刻跑了過來。

「旅行者，千萬不要碰那隻動物。」

「為什麼不行？」

「因為牠們受到保護法的保護。」

服務生開始對兩個人說明。

這種動物過去曾大量生存在附近的草原上，但是當人類進駐這塊土地成立國家之後，卻因為遭到濫捕而急遽減少。

牠們甚至到了幾乎絕種的地步，因此這個國家便將一定的數量，用人工的方式餵食繁殖。為了保護這種動物免於絕種，因此法律明定人類絕不能加害牠們，而且不管在何地受到牠們何種攻擊都不能出手。

那隻動物在服務生說明的時候仍大口大口地吃著泡芙，當牠吃完之後，就用牠沾滿鮮奶油的嘴巴發出這種聲音：

「喲呀呀喲呦呦呦呀？」

男子與服務生當下不知該說什麼好而陷入沉默。

這時候那隻動物往女子的盤裡看去。心裡或許在想「這裡還有一個看起來很可口的泡芙呢。」

「喲呦呀呦喲——呦呦喲！」

動物叫完之後就把手伸向那個盤子。

「呦呀？」

正當牠開心地打算伸手抓向泡芙的時候，剛好跟低頭看著自己的女子四目交接。

「呦嘰……」

動物立刻把眼神別到一旁。

當牠跳下桌子後就往另一張稍遠的桌子衝去，而且一跳上去就開始吃還剩很多的漢堡。

原本坐著的中年男子大大地嘆了口氣，然後就從位子上站起來。他停下用餐的動作，走了出去。

「正如兩位所看到的，這種動物在這個國家是連碰都不能碰的。萬一傷到牠們，就算是旅行者也要被判五年的刑期呢。如果動手殺了牠們，則會被判無期徒刑，請你們務必小心哦。」

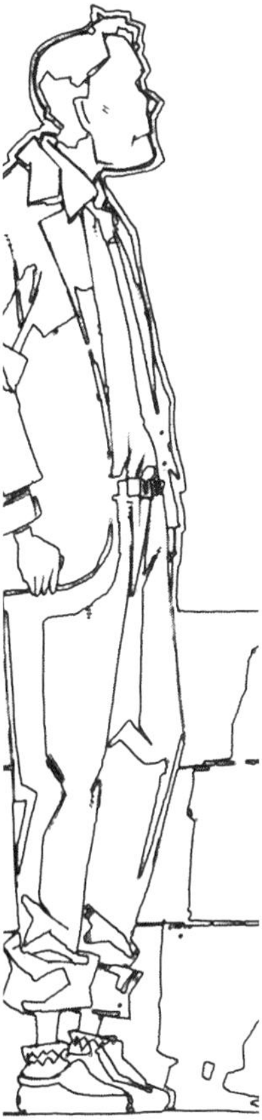

「怎麼會有這種事啊～」

男子訝異不已。因為泡芙被吃掉的關係，所以他想再加點一份。

「已經賣光了，真的很抱歉。」

服務生點頭致意之後就離去。

「分一半給我好嗎？」男子詢問正在享用自己的泡芙的女子。

「不要。」

她回答得相當冷漠。

之後兩人趁散步的時候順便逛了一下這個國家。

「我左看右看都覺得牠們根本就是破壞狂呢。」

男子的感想的確沒錯，到處都可以看到那些動物旁若無人地做出我行我素的舉動。像是冷不防地橫越馬路，害車輛跟馬車都為牠們停下來；輕鬆地爬上牆把洗好的衣物弄倒；大啃擺在店門口的水果；在剛擦乾淨的桌面留下腳印；不顧場所隨地大小便；拚命毀壞農作物或乾脆把它給吃了；如果不是吃的東西就拿來亂丟亂玩。

牠們的數量雖然不是很多，但也不是稀少到寥寥無幾，總之三不五時便可以看到幾隻。

根據百姓的說法，可能是最近繁殖成功的關係，牠們的數目正急遽增加中。

兩人走著的地方也聚集了幾隻。

「有什麼事嗎？」

當牠們的眼神一跟說話的女子接觸，立刻就落荒而逃，接著把目標轉移到走在道路另一頭的小女孩身上。牠們搶走她的包包並丟在馬路上，結果馬上被行經的卡車輾過。

「好過分……人家好不容易才買的耶……」

望著被壓扁的包包，女孩潸然淚下。

「呦呀呀——呦喲！」「呦！喲呦！」「呀呦喲呀！」「呦喲呀！」

動物們開心地大笑。

「柿子還會挑軟的吃耶，看來牠們的智慧還滿高的呢。」

男子說道。

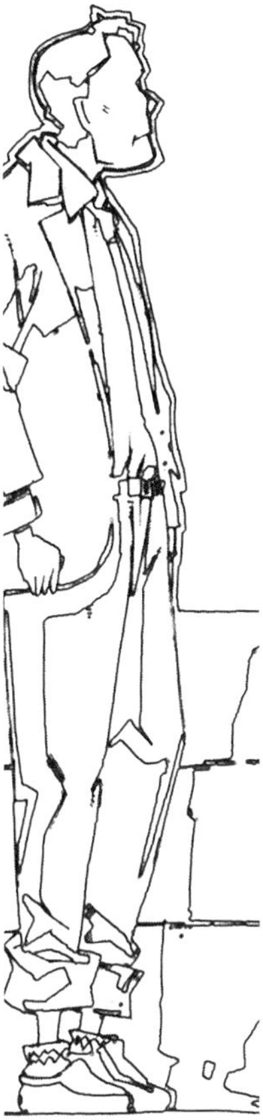

「保護之國」
—Meritocracy—

那天傍晚。

當兩人在飯店大廳休息，年約五十幾歲的飯店老闆過來跟他們打招呼。他不僅向難得前來的旅行者表示歡迎之意，也奉茶給他們喝。

一聽到兩人明天早上就要出境，老闆便對他們說：「這個國家是個還不錯的地方，歡迎你們下次再來。」

女子說以前遇過的旅行者曾在這家飯店住宿過，還說很久以前並不是如此宏偉的建築物。於是老闆向他們介紹某張掛在大廳高牆的照片。

那是一張老舊的黑白照片，一對年輕夫婦笑盈盈地站在小小的建築物前面。老闆說那兩個人是自己的父母。

他很驕傲地述說自己的父母早在幾十年前就在這裡經營小旅館，後來不斷擴充，才變成這麼氣派的飯店。

「那是唯一僅存的照片，算是本飯店的鎮店之寶。」

「的確是重要的東西呢。」

女子說道。

「是啊，所以我才會擺在那麼高的地方。照理說應該擺在方便觀賞的暖爐上方，不過──這個國家有許多難言之隱呢。」

老闆表情複雜地說道。

隔天早上。

就在一男一女的旅行者用餐時，發生了那件事。

「啊——抓住牠們！快幫我抓住牠們哪！」

大廳傳來男人的慘叫聲。

男子皺著眉頭，也有許多客人面露憂色地往大廳看去。

「是老闆的聲音呢。」

女子說完，把嘴巴擦一擦之後就站了起來，男子也急忙衝到大廳一探究竟。

眼前的景象是——

「抓住牠們——」

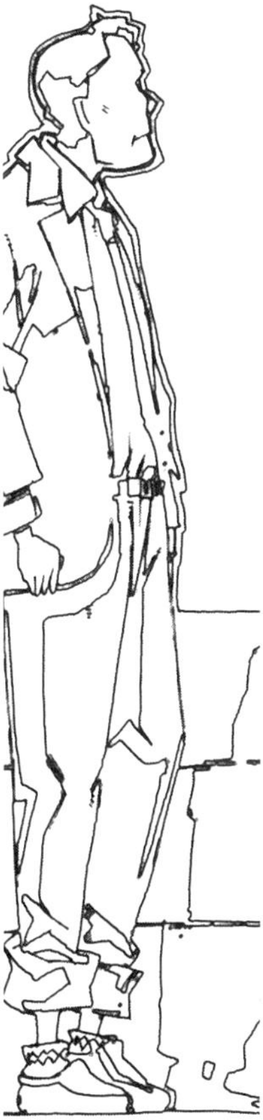

慘叫的老闆——

「呀呦！」「呀呀呦！」「呀呦——呦喲呦！」

以及開心地猛踩什麼東西的三隻動物。

「呦呀！」

「呦呦喲！」

「呦！呦呦呦！」

動物們開心地邊交談邊踩在腳下的，是原本掛在高處的老闆父母的照片。

動物們用腳把邊框踩壞，進而踐踏照片，甚至還在上面滴口水拉大便，把它弄得髒兮兮。

「…………」

老闆癱坐在照片前面，只能眼睜睜看著寶貝的照片被蹂躪到不成樣子。

「怎麼會這樣？」

男子歪著頭表示不解，看著原本掛著照片的牆壁，結果發現有三根長長的棒子正靠在牆面。

「天哪……」

在大廳的女職員告訴他，拿著棍棒的動物們一走過來，就把棒子立在牆面並輕鬆往上爬，然後把照片打下來。

「呀！呦呀！」「呦喲呦！」「呀！」

圍在四周的客人們什麼忙也幫不上，只能看著開心蹂躪照片的動物們——

「啊啊……」

以及癱坐在前面淚如雨下的老闆。

「呀呀？」

其中一隻動物用牠的髒腳一步步走近客人，客人只能不斷往後退。咬牙切齒的客人們雖然心有不甘，卻無法對牠們動手。

「看來牠們才是這個國家的國王呢。」

男子唸唸有詞地說道。

不久那隻動物慢慢地走到女子面前，但是盡可能保持距離地發出聲響：

「呀！呀呦！」

接著上上下下跳了好幾次，然後又回到伙伴所在的照片上。

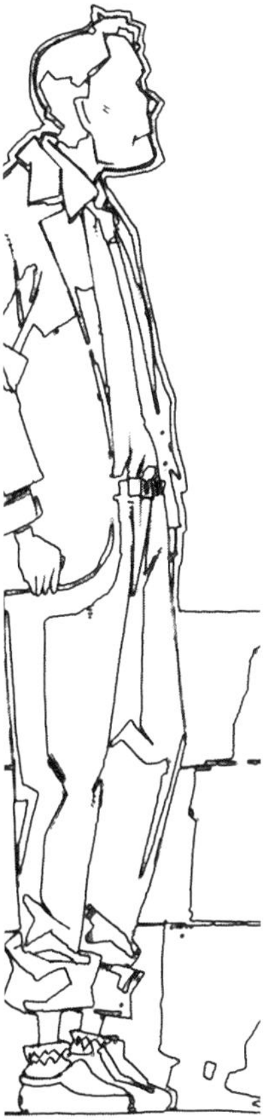

「呀呦！」「呀呦！」「呀——呦呀！」

牠們用腳把已經被蹂躪到不成原形的照片撕得破破爛爛的，那樣子簡直像在跳舞，而且還樂在其中。

就在那個時候——

碰！

驚人的槍聲震撼整個大廳。

除了某人以外，現場的人們全都嚇得幾乎快彈起來，就連在場的動物也一樣。除了一隻以外，其他全都嚇得快跳起來。

那個例外的人，是在腰際舉著冒煙的左輪手槍的女子。

而那隻例外的動物，則胸部中彈，被震到數公尺遠之後仰躺在地，冒著血動也不動。牠就是剛才拚命愚弄女子的那隻動物。

「傷腦筋。」

男子自言自語地用左手拔出細長的自動式掌中說服者（註：Peasuader=說服者，是槍械。在此指的是手槍）。

「呀呦？」

他直接打開雷射瞄準具，只見紅點就定位在動物圓滾滾的眼睛之間。

砰！

發出比剛才還要小的槍聲之後，又有一隻動物仰躺在地。

女子只是當著嚇得目瞪口呆的客人及另一隻僅存的動物面前說：

「對不起，我的說服者走火了。」

男子也一面把說服者穩穩收進槍套一面說：

「我的也是。哎呀~幸好沒有誤傷到其他人呢。」

「旅、旅行者你們……闖了非常嚴重的禍……」

客人之中有人好不容易擠出這些話，女子說：

「什麼，闖了什麼禍？」

「妳還問什麼禍……妳殺了保育類動物耶……這是重罪……」

「動物？」

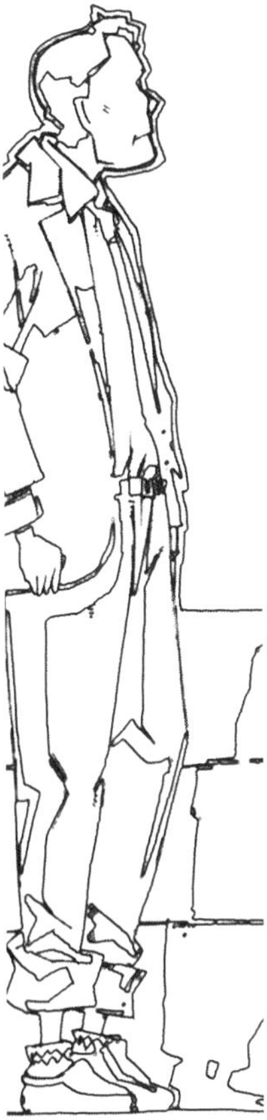

「保護之國」
—Meritocracy—

女子邊說邊歪著頭，然後看著死掉的兩隻跟呆站在原地的那一隻說：

「哪裡有動物啊？」

她很乾脆地反問。

現場發出一陣喧嘩聲。

聽得出來客人們開始騷動。女子語氣平淡地再說一遍：

「哪裡有動物啊？」

「對，沒錯……」

老闆搖搖晃晃地站起來。

「吻？」

「在場的各位……這裡根本就沒有什麼動物嘛……」

「吻嘰喲……」

站起來把淚拭乾的老闆，抓起身旁一把看起來滿堅固的椅子，然後用盡吃奶的力氣往剩下的那隻打下去。

「去死吧！」

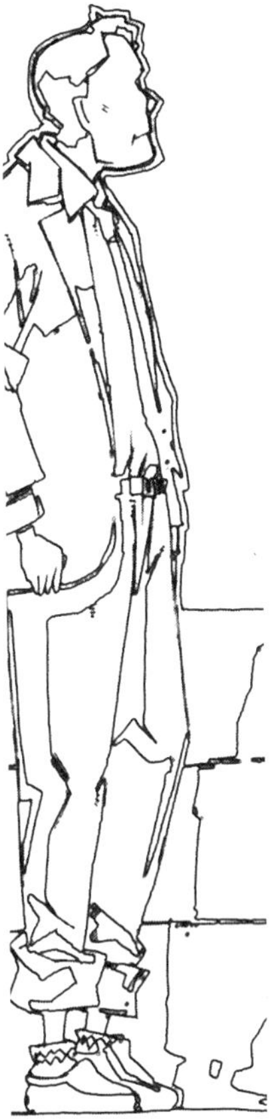

「呀——」

只聽到細微的慘叫聲，跟大量骨頭折斷的刺耳聲響。

過了好一陣子，圍在四周的人們望著因為支離破碎到無法回復原狀的照片而哭個不停的老闆，還有聳了聳肩的男旅行者，及不發一語的女子。

「傷～腦筋啊。」

雖然隱隱約約聽得到「怎麼辦？」及「要報警嗎？」的言詞，但是並沒有人率先行動。

正當大廳像葬禮會場那樣鴉雀無聲的時候——

「呀呦？」

大門突然「啪噠」地打開，乍看之下大約有一打以上的動物湧進大廳裡。牠們一看到伙伴的屍體，就紛紛異口同聲大聲喊著，然後朝人類衝去。

「呀呦！」「呀呦！」「喲呦！」「呀呦呦呦！」「呀呦！」

碰！啪轟！啪嘰！啪啪啪！

男女旅行者像精密的機器人似的，用說服者拚命射擊。當女子迅速換彈匣時，男子就負責掩護。男子換彈匣時，女子就負責掩護。

就這樣，整間大廳充滿了爆裂聲，就在眾人快被震破耳膜的時候，現場已經看不到任何一隻會動的動物。

正當大家還目瞪口呆時——

「哪裡有動物啊？」

女子如此說道。

「沒、沒錯！」

國內某個人如此附和道，後來其他人像是被傳染似的接著說：

「雖然動物必須受到保護，但根本就沒有什麼動物嘛！」

「沒錯沒錯！這個國家根本就沒有什麼動物！」

「不需要保護不存在的東西！」

全部的人齊聲吼叫著。

結果那個國家迎接了前所未有最熱鬧的一天。

在國內，到處都聽得到類似這樣的問候語。

「有看到動物嗎？」

「沒有，沒看到。」

從飯店裡引發的波瀾不斷往外擴散。

「呀呦！喲呦！」

居民們紛紛手持著棍棒或農具，把發現的動物一隻隻打死。

剛開始警察也不知該如何是好，但因為全體國民都那麼做，逼得他們不得不做出該逮捕眼前所有人或裝做什麼都沒看見的選擇。

「根本就……沒有動物對吧？巡官。」

「是的……沒有動物，警部。」

而他們的結論就出現在這段對話裡。

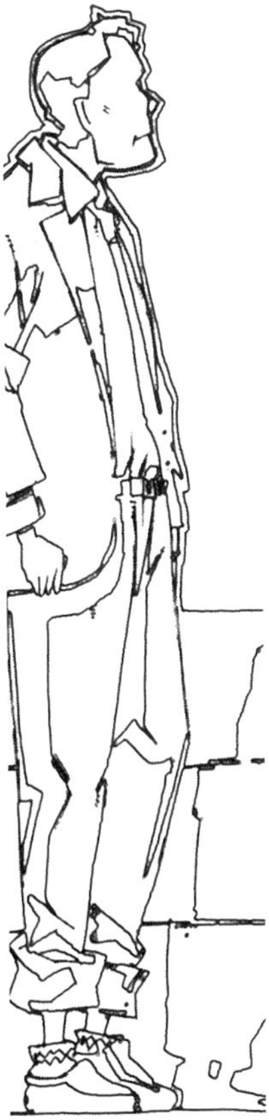

「保護之國」
—Meritocracy—

「呦呦呀！」

整個國家全天都充滿怒吼與慘叫聲。

男女旅行者不斷在什麼都沒有的場所發生手槍走火的事件，而且只要子彈用盡就可以從店家那兒免費補充。

到了傍晚時刻。

黃色小車載著老闆無盡的感謝往城門奔馳。

到了城門口，衛兵也向他們道謝並說：「歡迎你們隨時再來。」接著，車子就穿過敞開的城門絕塵而去。

就在那個時候——

「呀呦——！」

一隻潛藏在樹叢裡的動物跳到車頂。

「啊！可惡的傢伙！啊，我什麼都沒看到！」

衛兵邊這麼說，邊拿劍在車頂亂揮。

「我們要出境了，應該無所謂吧。」

女子阻止衛兵說道，然後車子就穿過城門到外面去。
「反正，出了國界就……路上小心哦。」
衛兵說完就回到城門繼續戒備。
「師父？」
駕駛的男子看著拚命貼在車頂，還嚇得發抖的動物。
「呦呦呦……」
女子要男子再繼續開一段路，於是小車就照她說的在草原上奔馳，然後這才停了下來。
她一下車就對車頂上的動物說：
「你下車吧。」
「呦！呀呦！」
「我不能帶你一起上路。」
「呦呦呦？」

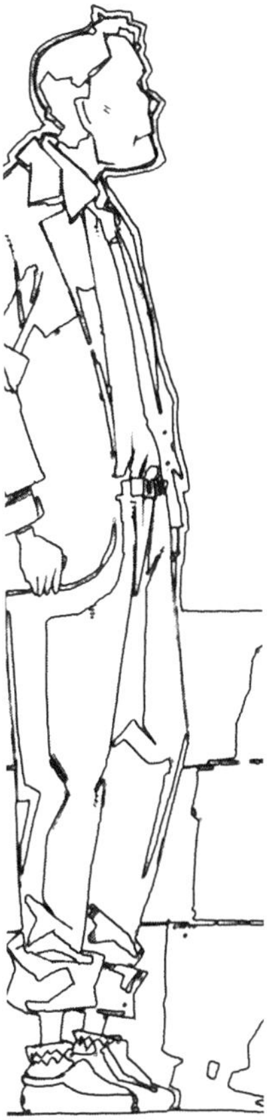

「保護之國」
—Meritocracy—

「不行就是不行！」
被女子狠狠一瞪，那隻動物只得心不甘情不願地跳下車頂。
「呦呦……」
「你們好像有些會錯意了。」
「呦？」
「所謂『被保護』並不代表你們就『有力量』喲。那個國家真正有力量的是那兒的百姓，並不是你們。」
「呦唔……」
「好了，你到你想去的地方吧。」
女子指著草原，動物的眼神也順勢望去。
那兒有許多動物，顏色跟體型雖然有些不同，但大大小小加起來約有二十隻，正從草原探頭往這邊看。
「呦！呦呦……」
「再見了。」
女子話一說完便回到車上，然後吩咐司機開車。

「掰啦！」

男子如此說道，就慢吞吞地把車往前開。

當車子行駛在草原的道路上時——

「師父，想不到妳還有這麼溫柔的一面，我還以為妳會立刻轟掉牠呢。」

「錯了，你錯了。」

因為女子連續否定兩次，男子歪著頭摸不著頭緒。

「師父？」

他望著坐在左側的女子，只見她優雅地微笑著。

「我可是一點都不溫柔喲，只是沒必要立刻殺死牠而已。」

當黃色的小車在夕陽中離去時——

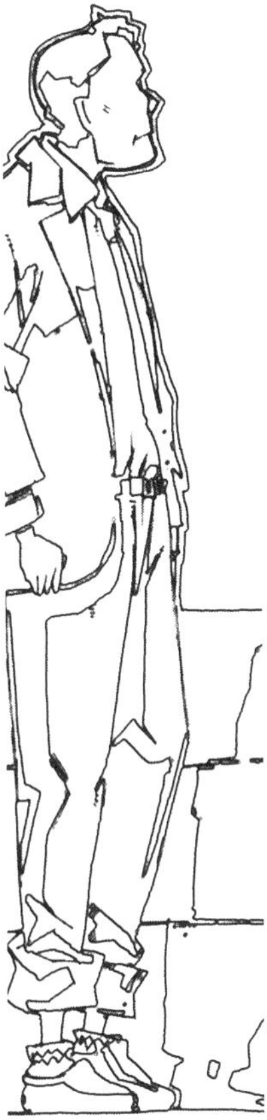

「保護之國」
—Meritocracy—

「呦！呦呦！」

被留在原地的動物邊叫著，邊看眼前的群體。

「喔嘎嘎喔嘎。」「喔嘎嘎嘎喔。」「喔喔喔喔嘎嘎。」「喔嘎！嘎喔嘎嘎！」

那群動物用充滿威嚇的姿勢回叫著，使得那一隻動物不得不往後退。

「喲呦……」

不久群體中類似首領的一隻動物對牠說話。

「喲呦喲？」

「喲呦！喲呦喲！喲呦！」

「喲！喲呦喲呦喲！」

首領話一說完就轉身面對群體：

「喔嘎喔喔嘎喔！」

接著用簡短又強烈的語氣如此說道，那群動物便全體站好。

然後首領，對那一隻溫柔地說話，並揮手叫牠過來。

「喲呦喲。」

「呦！呦唔——」

那一隻開心地這麼說，然後就慢慢走近那群動物。對方也散開迎接牠。

然後——

「喔嘎喔！」

正當首領這麼大喊時，那群動物便開始一起毆打牠。

「呀——呦——呀呦——呀呦！」

即使牠哀嚎連連，對方也毫不在意地繼續毆打。

過沒多久，草原就恢復了平靜。

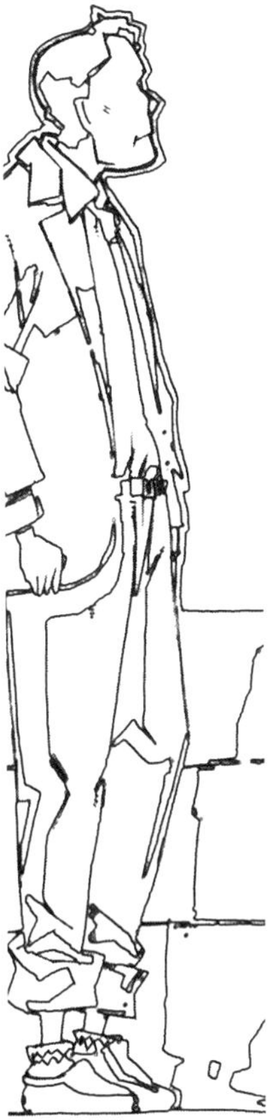

「保護之國」
—Meritocracy—

## 第四話
# 「電線桿之國」
## —Transmission—

# 第四話「電線桿之國」

—Transmission—

奇諾與漢密斯來到某一個小國家。

這個國家面積又小地形又平坦，無論從哪個角度都看得見城牆內部。農田與民房交互排列，是有著恬靜風景的悠閒國家。

正當奇諾頂著溫暖的陽光，悠哉騎著漢密斯、眺望這個國家的時候——

「嗨～妳是旅行者吧？妳好，方便的話要不要來我家，跟我的家人一起享用茶跟點心呢？」

路上的行人如此問道，沒有理由拒絕的奇諾便接受對方的邀請。

奇諾推著漢密斯跟在這個國家的居民後面走。正當他們從寬敞的碎石子路走進民宅範圍時，對方提醒他們說：

「小心，前面很危險喲！」

於是奇諾停下腳步往前看去，發現有條粗粗的線就橫在快接近地面的位置，而且還延伸到民房裡面。

「這是什麼啊？」

奇諾問道。

「是電線。」

這個國家的人回答。他說這是用來連繫每戶人家而設置的電線。

「要是碰到可是會觸電的，嚴重一點還可能會被電死呢，所以隨時都要小心注意。」

「還真是辛苦呢。」

「不過，只要小心一點就不會有事的。妳看電線的前方。」

奇諾跟漢密斯順著電線看過去，發現那兒立了一根柱子，是根前端尖尖的，很高的柱子。接著再往電線的另一個方向望過去，發現那兒也立了一根柱子。底座是用堅固的石頭建造的，穩穩地擺在那裡。

「聽你這麼一說，在每戶人家附近的確都可以看到這種柱子呢。」

漢密斯說道，然後奇諾開口詢問柱子的用途。

「是電線桿。」

這個國家的人回答道。

「你說，是電線桿？」

「是的，沒錯。這其實是在好幾年前，有一位像妳這樣的旅行者告訴我們的知識。當時我們也像剛剛那樣要那位旅行者小心地面的電線，結果他是這麼告訴我們的——『既然要這樣處處小心，那在電線與電線之間立一根電線桿不就得了？』我們覺得那是很了不起的主意，於是很快地在電線與電線之間立了電線桿。只要發現電線桿的話，就能很快知道哪裡有電線了。如此一來就不用老是注意腳下，只要『喔～因為這兒有電線桿，那表示地上有電線呢』，就能馬上發現了，而不慎觸電的人也因此大幅減少。」

接下來是奇諾與漢密斯出境後好幾天的事情。

「啊……糟了！」

這個國家的人放聲大叫。他隔壁的人連忙詢問到底發生了什麼事。

「我們把飛蟲當成信仰對象，因此很厭惡專吃飛蟲的鳥類——為了不讓鳥類在電線上停留，所以才沒有在空中設置電線。而農地以外的草地，也因為禁止挖掘的關係，所以只能把電線設置在地表上！」

「現在講這些幹嘛？有什麼不對嗎？」

「我忘了把這件事告訴對方，就是之前來的旅行者跟摩托車先生！聽過電線桿的事情，她一定覺得我們是笨蛋！認為我們頭殼壞去了！」

「算了啦，有什麼關係，反正旅行者只不過是旅行者，我們又不確定她下次還會不會來這個國家，而且我覺得她不來的可能性極高呢。」

「所以我就此失去說明的機會啦！要是她到其他國家談起我們的事情，到處散播我們是笨蛋或白癡那該怎麼辦呢？」

「別在意啦。別說是其他國家了，我們連那名旅行者的來歷都不清楚呢。」

「話是沒錯啦……」

「別擔心。好了，祈禱的時間到了——偉大的飛蟲大人～飛蟲大人，請賜給我們恩惠吧。」

「電線桿之國」
—Transmission—

# 第五話

# 「居然在這種地方之國」

—Preface—

# 第五話「居然在這種地方之國」

—Preface—

「我說奇諾，這種地方真的有國家嗎？」

漢密斯邊跑邊問奇諾。

「不知道耶……」

奇諾歪著頭回答。

漢密斯跟奇諾所在的位置是一片白色的沙漠。在視線可及的範圍內，這一片堅硬緊實的白土正朝著地平線那一頭延伸而去。

天空雲層密布，放眼望去只看到白色的天空與白色的大地，一片白茫茫的景象。遠遠望去，分不出天與地的邊際。在這空無一物的世界裡，只有一輛摩托車獨自奔馳著。

奇諾戴著黃色鏡片的防風眼鏡，臉上纏著領巾。身上穿著棕色的長大衣，過長的衣襬則捲在大腿上藉以固定住。

「妳說『不知道』是什麼意思啊？」

「其實連我也不太明白這個時候怎麼會騎著你在這種地方，真是好神奇哦。」

「我就知道。這一帶都是『爆發色』呢。」

「…………你該不會是想說『保護色』？」

「對，就是那個！妳懂的真多呢。」

「我說你啊……『保護色』是要用來『偽裝』的吧！為什麼要那麼做呢？」

「再跑一段路妳就會知道的。」

聽到漢密斯這麼說，奇諾歪著頭表示不解地騎著車繼續往前走。因為景色都沒有變化的關係，讓她很懷疑自己是否真的有在移動，在這樣的空間裡經過了一段時間之後——

「啊……」

奇諾看到了那個。

那是一塊大看板。它就斜立在白色沙漠裡，不過有一半被埋住了。那上面寫著大大的文字——

奇諾把漢密斯停在看板前，放下側腳架之後便下車，搖搖晃晃地走近那塊看板。

「啊啊……」

她頓時跪在地上，因為看板上是這麼寫的：

〈第X集的後記就從這裡開始，請多多指教〉

奇諾唸唸有詞地說：「怎麼會有這種事」，然後舉起戴了手套的拳頭搥打白色大地。

「這裡居然是後記！可惡，那個臭作者，他終於做了！」

漢密斯在後面像是替奇諾發言似地開心大喊，然後又小聲地碎碎唸說：

「在內文中突然出現『後記』——這早就在大多數讀者預期的範圍內，畢竟這只是其中一種形式而已。」

「竟然延續上一集那樣惡搞，讓書中主角做這種事情！」

奇諾雖然很氣憤，不過後記仍舊在這種情況下開始了。

因此呢，這裡就是後記。

跟往常一樣，這裡也不會聊到故事相關的劇情，因此就算先看後面的故事也沒有關係。

《奇諾の旅》終於出到第X集了。

雖然可以簡單地說它是系列作品的第十集，不過從二〇〇〇年七月的第I集到現在也有六年的時間呢。要是從小學六年級開始看的話，現在都已經高三了，真的很不可思議。而且對我來說，這期間我累積了許多經驗，也讓我有許多成長，算是收穫豐碩的六年。

這中間《奇諾の旅》錄製了廣播劇CD、推出動畫版、出了電玩遊戲軟體。我還在「東京國際娛樂市場展（簡稱ENTAMA）舉行簽名會、然後又出了劇場版的動畫電影、也出席了首映會、還在台灣舉辦簽名會、又再度推出第二彈的電玩遊戲——真的是發生了好多事情呢。

它原本只是第六回電擊電玩小說大賞的投稿作品，沒想到居然能發展到這個程度，這全都多虧各位讀者的支持。

在迎接第十集之際，再次向各位致上深深的謝意。謝謝你們大家。

只不過……很遺憾必須告訴大家一件事。

「居然在這種地方之國」
—*Preface*—

「奇諾」系列的題材也差不多快用盡了。
這次我也是用盡心力來寫，不過……已經快不行了。
已經想不出來了。

我是說有趣的後記啦！

附註：往後我還是會繼續努力的。

二〇〇六年十月　夢想未來的後記作家‧時雨沢惠一

## 第六話
# 「蒂的一天」
—*a Day in the Girl's Life*—

# 第六話「蒂的一天」
## —a Day in the Girl's Life—

我的名字叫陸，是一隻狗。

雖然我總是露出笑咪咪的表情，但那並不表示我總是很開心，我只是天生長成這個樣子。

西茲少爺是我的主人。他是一名經常穿著綠色毛衣的青年，在很複雜的情況下失去故鄉，開著越野車四處旅行。

「那就拜託你囉。」

西茲少爺在今天早上出門前留下這麼一句話就出去了。日前我們入境到某個國家，因為有太多人鬧事，治安又不好，於是我們放棄移民的打算。但因為這裡有待遇相當不錯的零工，為了賺旅費，西茲少爺便接下那份工作。

我是沒有問工作的內容啦，不過看他那麼細心保養刀子的模樣，應該不是什麼正經的工作，所以就更不敢問了。

不過最重要的問題是，現在還趴在床上呼呼大睡的白髮少女蒂法娜，或者稱之為蒂的事情。在渡海來到這塊大陸的途中，她因為許多複雜的理由開始跟我們一塊旅行。

「衷心拜託你囉。」

雖然受人之託，但老實說我心情很沉重。

因為今天一整天就只有我跟蒂而已。平常都是靠厲害的西茲少爺跟她溝通的，到底我該跟她說什麼好呢？

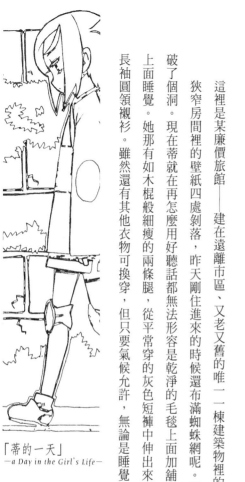

這裡是某廉價旅館——建在遠離市區、又老又舊的唯一一棟建築物裡的其中一個房間。

狹窄房間裡的壁紙四處剝落，昨天剛住進來的時候還布滿蜘蛛網呢。兩塊並排的床墊，上面還破了個洞。現在蒂就在再怎麼用好聽話都無法形容是乾淨的毛毯上面加鋪她自己的睡袋，然後躺在上面睡覺。她那有如木棍般細瘦的兩條腿，從平常穿的灰色短褲中伸出來，身上的襯衫則是棕色的長袖圓領襯衫。雖然還有其他衣物可換穿，但只要氣候允許，無論是睡覺還是醒著，她都穿著這身衣物。

早晨也過了一大半，時針就走在早晨與中午之間的地方。要是她能像這樣一直睡到晚上那就好了。正當陸這麼想的時候，蒂醒來了。

「…………」

她不發一語地挺直手臂把身體撐起來，將上半身離開睡袋約十公分。滿是白髮的頭則像是要塞的砲台那樣，慢慢往右邊移動，也就是轉向趴在床邊休息的我這邊。

實在很難判斷她是不是還沒清醒，或是跟平常一樣沒什麼反應，總之她那雙翡翠綠的眼睛盯著我看了約四秒鐘。

「…………」

我起身坐在床邊，回頭望著蒂並對她說：

「早安。」

「…………」

「呃——西茲少爺出去賺錢了，如果沒有意外的話應該會滿晚回來的，所以今天一整天我們都得一起過。」

「…………」

「這樣妳聽懂了吧?唔!」

我被下床的蒂從正面緊緊抱住，而且整個往左邊倒，好重!然後我還被用力地搖晃身體，過了幾秒之後才又突然把我放開。

本來我想問她「妳這是在幹嘛?」但一想到她一定不會回答我，所以就作罷了。我抬頭的時候，剛好蒂正在看我，然後小聲地說：

「安。」

接著蒂就走進盥洗室了。

經過數十秒之後，我才發現她是在對我說「早安」。

西茲少爺臨出門前，有留下昨晚買的可頌麵包，還有新買的橘子醬。

蒂把那些食物當早午餐，不過看到蒂拿著大湯匙拚命挖橘子醬吃時，我突然緊張起來。

於是我說：「不要吃那麼多果醬啦」，結果蒂望著正準備送進嘴巴的超大匙橘子醬說：

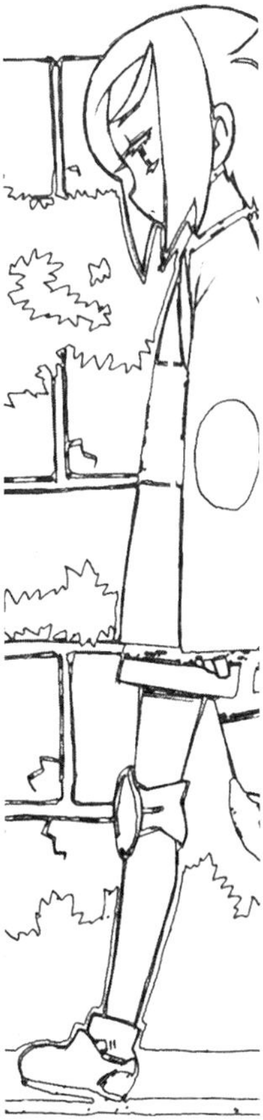

「蒂的一天」
—a Day in the Girl's Life—

「有、毒嗎？」

我不是那個意思啦。

窗簾一拉開，窗外的天氣相當晴朗，初夏的太陽把全世界曬得暖呼呼的。

從這裡看得到田埂呈幾何圖形的農地，好像還種植了胡蘿蔔什麼的。破破爛爛的稻草人隨風搖擺，我們面對的是呈橫向綿延的灰色城牆內側。

「…………」

她坐在椅子上望著窗外的景色，我則是維持輕鬆的姿勢趴在她旁邊的絨毯上。

由於窗戶向北，所以日曬的問題不是很嚴重。時間就在沒有人說話的過程中靜靜流逝，中午也過了一大半。

要是能像這樣平穩度過一天就好了——我才這麼想的時候，蒂卻突然站了起來。

「我要出門了。」

早知道就不要有那種念頭。

「那還是放著吧，蒂。」

因為散步不需要手榴彈。

「…………」

蒂瞪了我一陣子，才心不甘情不願地把原本裝在斜背包裡的五顆手榴彈，放回西茲少爺的包包裡。我還擔心就這樣隨便擺在放衣服的地方會不會怎樣，不過安全柄有用膠帶綑住，所以應該不會爆炸才對。我覺得應該要想辦法改掉蒂喜歡手榴彈的癖好，可是西茲少爺好像不太在意。

我勸她最好隨身攜帶水。蒂這時候倒是很聽話，把水裝進塑膠製的水壺裡，拿毛巾包好之後再放進斜背包。

然後蒂把包包背在肩上，手握著上面貼有西茲少爺寫著「離開房間別忘了帶走」的紙條的房間鑰匙，然後走向房門。

我跟在她後面，但是聞到包包傳來微微的油味。

「蒂，妳包包底層裝了什麼啊？」

蒂拿出鐵製棍棒狀的物體。

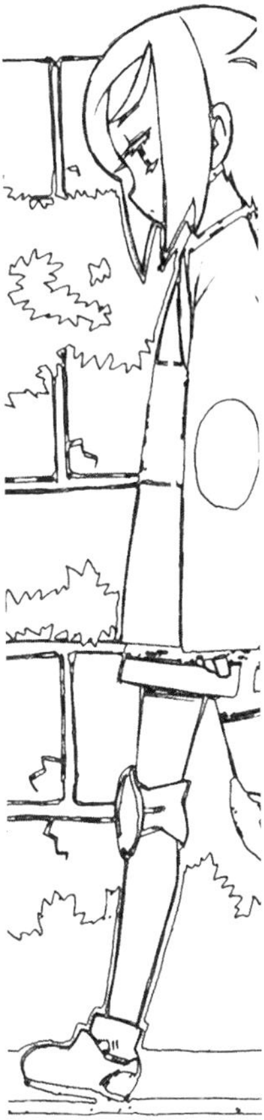

「那個也放著吧。」

我如此說道，因為散步不需要飛刀。

「…………」

「小妹妹。妳老是看著我也沒用啊，妳到底想做什麼呢？」

身穿運動背心的中年男子在飯店櫃檯後的長椅上翻來覆去地翻閱雜誌，不耐煩地對蒂那麼說。

我從後面悄悄跟蒂說：「妳就說『我要出去一下』，然後把鑰匙拿給他。」結果——

「…………」

雖然她沒說話，但終於把房間鑰匙咚地擺在桌上。

「喔～妳要去散步啊？慢走哦。」

「…………」

因為蒂依舊盯著他看，繼續看，一直看。

「還有什麼事嗎？」

男子再次不耐煩地詢問蒂，這次蒂回答了：

「我要散步。」

「……我知道啊。」

走到外面，果然放眼望去都是農田。那裡有一條偶爾有小卡車通過，路面到處龜裂的柏油路，而路的兩邊都是農田，還一路延伸到城牆。

「妳要去哪裡？」

我問道。

「…………」

蒂不說話，只是逕自往城牆的方向，也就是往東北方、背對著太陽的路走去。因為她一步步往前走，我也只能跟在後面。

我猜她應該是沒什麼特別的目的，不過一走到路微微往右彎的地方，才知道她想做什麼。

「結束了。」

蒂突然這麼說，然後停下腳步。我問她：「什麼結束了？」蒂只是盯著腳下，並用鞋尖敲了好

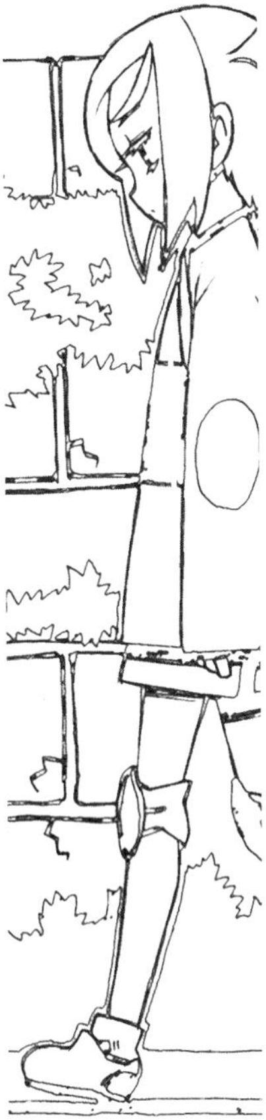

幾下。蒂的影子就落在往農田方向長了草的斜坡路旁，不過有點模糊難辨。

「妳該不會只是想踩自己的影子吧？」

我這麼一問，蒂看著我點了點頭。然後說：

「影子。黑的。」

「的確是黑的啦……」

「不見了。」

「這個嘛，是沒錯啦……」

「但是不要緊。」

「喔～是嗎……」

「已經，不要緊了。」

「…………」

「不要緊了。」

搞不懂她在說什麼。

轉過身來的蒂延著剛剛來的路走了回去，並經過旅館前面。

這條路前方連著一小段農田，再過去可以看到零零星星的幾戶人家，然後最前面就是這個圓形國家的中樞地區。雖然是治安不算太好的市區，但是看得到高塔般四處聳立的超高層大樓。

我不建議她往那兒去。

「…………」

當我一那麼說，蒂一句話也不說地坐在設置在路旁的老舊長板凳上。這裡以前應該是公車站牌吧，原址只剩下還沒有被撤除、用混凝土製成的圓形站牌基座。

因為蒂坐了下來，我也只好跟著坐在她旁邊。我們的視線望向市區。蒂有時候會拿水壺喝水，我也跟她要了一些水喝。

然後蒂就一直坐在那裡望著城鎮，直到夕陽染紅了天空。我不明白這有什麼樂趣，不過她就是目不轉睛地看著城鎮。

然後當太陽幾乎落到城牆後面不見蹤影，天空也變得昏暗的時候，那些高樓大廈的燈倏地亮了起來，而且是一起點亮的。那跟剛剛看到的小窗戶所透出來的亮度不一樣，這些大樓的燈足以照亮

整棟大樓，而且像是在炫耀大樓本身存在般的強烈光芒。應該是類似巨型的探照燈吧。

根本就是個閃閃發亮的水泥森林，實在搞不懂為什麼要那麼做。正當我心裡覺得這裡是個奇怪的國家時——

「…………」

蒂站了起來，開始往旅館走去。現在正好是適合回去的時間，能夠在沒有發生任何麻煩的情況下散完步回去，著實讓我鬆了口氣。今天說了不少話的蒂又開始碎碎唸：

「那個不是。」

我還是一樣聽得霧煞煞。

我們在天色完全變暗以前回到旅館。

「拿去吧。」

拿回鑰匙之後我們就回房間去。這是個題外話，除了我們並沒有其他房客。這家旅館似乎快經營不下去了，不過看到牆壁上貼的農業月曆，看來在農忙期間應該會有城裡的人來投宿吧。

至於我們的晚餐仍然是可頌麵包加橘子醬。蒂把橘子醬塗在切碎的半份可頌麵包上，然後不發一語地拿給我。

「…………」

正當我煩惱該不該拿的時候，橘子醬開始往下滴。

「糟糕！」

我在半空中接住，然後咬住可頌麵包並且吃了起來。

「謝謝妳。」

道完謝之後蒂低頭看著我，卻沒有露出笑容地說：

「伙伴？」

「什麼？呃，說的也是。西茲少爺現在雖然不在身邊，但我們是旅行的伙伴。」

「如果是那樣就好了。」

「什麼？」

「我贊成。」

「是……」

怎麼今天老是講一些沒頭沒腦的話啊。

晚上很晚的時候，西茲少爺開著越野車回來了，不過蒂早就像早上那樣趴著睡著了。

我上前迎接他。穿著綠色毛衣的西茲少爺神態有些疲憊，兩手抱著木箱走進房間。那是個高與寬約三十公分，長約一公尺的箱子，蓋子還用繩索綁著。

西茲少爺靜靜地把箱子擺在地板上。我問他那是什麼東西，坐在椅子的他有些難為情地說：

「是今天工作的酬勞。」

酬勞？西茲少爺確定蒂已經睡著之後又說：

「我接受這個國家警察的委託，幫忙搗毀犯罪組織的大本營。照理說應該是給現金的，沒想到他們突然改變主意，逼得我只能拿現場扣押的物品來抵。果然有問題國家的警方也有問題呢。」

「原來如此。那麼你拿了什麼回來呢？」

「這個嘛……對我們有用的東西，好像也只有這個了。」

西茲少爺打開木箱的蓋子。裡面是——

「這是，什麼啊？」

它全長約七十公分，乍看之下是說服者（註：指槍械）。它有抵在肩膀的槍托跟扳機，還有粗得很怪的槍管。

「這叫做榴彈槍啦。」

「算是說服者嗎？」

「是其中一種，因為它的槍管較粗，應該能夠擊出多發專用手榴彈。」

「…………西茲少爺你要用嗎？」

「不是的，我想給蒂用。不然她那麼喜歡手榴彈，可是投擲對她而言又太辛苦了。」

「…………」

「沒魚，蝦也好。」

西茲少爺把剩下的可頌麵包吃完，嘆了一口氣之後說：

「結果今天過得怎麼樣？」

我回答「總之是平安度過」。然後告訴他蒂不僅比之前更多話，還講了一些沒頭沒腦的話。

「蒂的一天」
—a Day in the Girl's Life—

「……這樣啊。」

西茲少爺感到有些意外。

「真有意思——今天還是蒂跟你頭一次單獨相處一整天呢。」

「是啊。」

「我在猜蒂是不是覺得自己必須獨當一面呢？」

「是嗎？我的確只是一隻狗沒錯，乍看之下也很靠不住，不過……」

「我可是非常清楚你是很值得信賴的喲，只是蒂可能不曉得——但是，只有陸跟蒂在一起的時候，蒂反而能發揮領導的能力，這還真有意思呢。」

「我不是不高興她可能已經把我當伙伴看待啦，只是……」

「怎麼啦？」

「為了要救西茲少爺，我曾經想拜託奇諾幫忙殺了蒂。」

「別在意，就結果來說已經避開最糟的情況了。」

「不過我還是很懷疑蒂是否把我們當成伙伴看待呢。」

「我猜應該是有啦，我覺得蒂比我想像中的還細心。」

「是嗎……很遺憾，我看不出來。」

「像今天她那種怪異的行動，我也覺得其中應該有什麼用意。」

「啊……什麼用意？」

「首先，我聽你說她一直踩自己的影子直到看不見為止，就立刻聯想到她可能是重新認知到，之前跟她在那個國家一起生活的那群黑衣人已經不在了這件事。即使如此自己也要振作下去，自己一個人一定也不要緊的。」

「你不覺得……那有點牽強附會嗎？」

「或許吧——不過後來你又提到這個國家市中心的高樓大廈區。我覺得蒂應該是一邊看著那裡，一邊在心裡想那個國家的中央高塔。當那些大樓整個點亮之後，她才發現那跟過去看的那個烏漆抹黑的高塔不一樣。」

「…………」

「然後是吃晚飯時的事情……蒂不是做了把食物分給『伙伴』的動作嗎？所以我覺得蒂跟陸在今天之內已經變成好朋友了。」

「蒂的一天」
—a Day in the Girl's Life—

「…………」

「不過，可能是我想太多了吧。」

當我像蒂那樣什麼也沒說地沉默不語時，西茲少爺如此說道，還聳著肩笑了一下。

隔天早上。

我們坐著越野車來到城牆外。

天氣十分晴朗。筆直延伸的單行道前方，是一整片綠油油的草原。

「那麼，我們走吧。」

西茲少爺在駕駛座一面戴上防風眼鏡一面說道。

「嗯。」

在副駕駛座的蒂一面摸著我的頭，一面回答。

「我們走吧。」

坐在蒂的兩腿中間，被她摸頭的我說道。

這時候，蒂從上面緊抱住我的頭。一面磨蹭我的臉，一面說：

「嗯。我們一起走吧，陸是個好伙伴。」

我的名字叫陸，是一隻狗。

雖然我總是露出笑咪咪的表情，但那並不表示我總是很開心，我只是天生長成這個樣子。

不過，現在的我倒是真的很開心在笑。

西茲少爺是我的主人。他是一名經常穿著綠色毛衣的青年，在很複雜的情況下失去故鄉，開著越野車四處旅行。

同行的人還有蒂。她是個沉默寡言又喜歡手榴彈的女孩，一樣也在很複雜的情況下失去故鄉，然後變成我們的伙伴。

現在越野車往前開了。

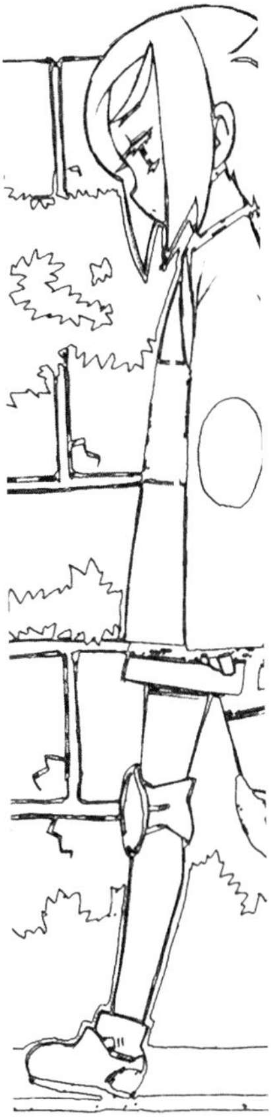

「蒂的一天」
—a Day in the Girl's Life—

那天早上。

少年睡醒了，他推開有點髒的毛毯大大伸了個懶腰。

在又小又髒、空無一人的房間裡——

「好！今天也準備工作了！」

少年「啪」地拍打雙頰，精神抖擻地大喊。

那天早上。

少女靜靜張開眼睛，從附有天蓋的床上起身。

在寬敞又乾淨的房間裡——

「希望今天，也能用開朗的心情唱歌……」

少女語氣堅定地祈禱。

「歌姬所在之國」
—Unsung Divas—

那天早上。

旅行者騎著摩托車來到這個國家。

在晨間的城門廣場上，旅行者握緊顫抖的雙拳大叫：

「真想睡在有乾淨被單的床上！」

「這是妳入境的第一句話？而且還在一大清早說？」

摩托車唸唸有詞地說道。

「先別唸我了，還有比唸我更重要的問題吧——」

「對喔……妳說的對……」

第七話
# 「歌姬所在之國」
—*Unsung Divas*—

# 第七話「歌姬所在之國」

## —Unsung Divas—

有個四周都被紅葉森林環繞的國家。

被黃色與紅色染得相當鮮艷又繁茂的森林，在國內外處處可見。

白色的高大城牆描繪出一條和緩的弧線，一面環繞著國土，一面綿延而去。由於這道圓弧實在太大了，以至於看不見落在地平線彼方的城牆盡頭。

國界的外面是一整片森林，一直延續到遠處的群山。

在國境內除了森林以外，還看得到棕色的農田、藍色的湖水，以及散布各處的灰色城鎮以及住宅區。

東邊的城門廣場位於城牆形成的巨大黑影下方。秋天早晨的天空呈淡藍色，而且萬里無雲，不會太冷的涼爽空氣籠罩了整個世界。

廣場四周都是建築物。三十棟二層樓的磚造房屋連成一氣畫出弧線，廣場中央有一條往西方森林深處延伸的寬敞道路。城門除了站崗的衛兵，不見其他人影。

在這樣的廣場一隅。

「這個國家還蠻大的呢。」

有個旅行者一面看攤在眼前的地圖，一面唸唸有詞地說道。

旅行者年約十五、六歲。有一頭黑色的短髮，一雙大眼睛及精悍的臉孔，頭上戴著附有帽沿及耳罩的帽子，帽子上還戴著一副摘下來的防風眼鏡。她披著棕色大衣，裡面還穿了一件黑色夾克，腰際繫著一條粗皮帶。右腰的位置掛著左輪式掌中說服者（註：說服者是槍械，這裡是指手槍）的槍套。

「讓我看看地圖啦，奇諾。」

停在旅行者旁邊的摩托車說道。名叫奇諾的旅行者把這張大地圖翻過來後，就給後輪兩側及上面都堆滿旅行用品的摩托車看。

地圖上畫著這個有著圓形版圖的國家地形、淨是森林的領土，和位於國土中心的唯一一個大都市，以及散布在四處的城鎮模樣。而細窄的道路則像繩索似的連繫著每個城市。

「嗯，果然很大，已經好久沒到這麼大的國家了呢——啊，我已經看得差不多了，可以收起來了喲。那麼，今天有什麼打算？要找修理廠嗎？」

奇諾仔仔細細地把地圖摺好說：

「首先——」

「首先要幹嘛？」

「吃東西。總之到前面那家餐廳吃早餐，再決定接下來的行程。漢密斯你在這裡等著吧。」

「好～請慢慢吃吧！」

名喚漢密斯的摩托車用略帶訝異的語氣回答。

少年咬著又硬又黑的麵包。

手邊能吃的東西只有那個，連什麼果醬或奶油都沒有。在這個只有床鋪跟衣櫥的狹窄房間裡的小桌子上，只擺著一個倒了茶的馬克杯。

以他的年紀來看，大概是十二歲吧，個子有點瘦小。蓋住黑色眼睛的蓬頭亂髮雖然有點髒，不過卻是一頭金髮。

至於他的打扮，說好聽一點是樸素，說難聽一點是破爛。他穿著棕色長褲，沒有穿襪子，直接套著膠底的工作鞋。在沒有一顆鈕釦相同的茶褐色襯衫上，到處都有補過的痕跡，他在外面又罩了一件顏色相近的夾克。

少年一口氣把麵包吃完，讓溫熱的茶水流過他的喉嚨。

「吃完了！好了，走吧！」

他就像在替自己加油打氣似的大聲吆喝完後，站起來往門的方向走去。大約三步左右就到了門口，在那裡他用力抓住掛在那兒的灰色帽子。

「我出門了！」

他對沒有其他人在的房間說完這句話，就衝出門外。

少女喝著溫熱的湯。

這裡是裝潢豪華的餐廳。少女獨坐的餐桌排滿了似乎一碰就會壞的精緻餐具，上面則盛著花了

許多時間準備的早餐。湯旁邊放著軟綿綿的可頌麵包，還有奶油及小罐裝的數種果醬，沙拉碗裡則放了大量生菜及番茄薄片，另外還有裝了熱茶的玻璃茶壺，以及白砂糖陶罐。

以她的年紀來看，大概是十二歲左右吧，個子算普通。蓋住棕色眼睛的是顏色有點暗淡的紅髮，左右兩邊還垂著麻花辮。她的臉蛋以鼻子為中心，向外長了許多雀斑，看起來很明顯。

至於她的打扮，說好聽一點是高雅，但對有著一張樸素臉蛋的她來說，實在很不搭。淡粉紅色的洋裝幾乎完全綴滿純白色的蕾絲，就連襪子也有蕾絲，鞋子則是乾淨得一塵不染，是光亮到能夠映出屋內景色的琥珀色皮鞋。

就在她剛吃飽的時候，有人輕敲餐廳旁邊的門。一名年約五十多歲，身穿燕尾服的老人恭恭敬敬地行禮並走進來。

「我吃飽了！今天的早餐很好吃！」

少女用精神飽滿、非常清脆的聲音如此說道。而那名怎麼看都像是管家的男子則冷冷地說：

「那麼，該準備去工作了吧？」

「走吧！我今天也會努力的！」

少女用純白的餐巾擦擦嘴巴，然後精神抖擻地從椅子上站起來。

奇諾從建築物走回停在廣場角落等待的摩托車。

「啊啊，吃飽了。」

她摘下帽子並脫掉大衣，然後掛在左手上。黑色夾克的腰際繫著粗皮帶，上面還掛了好幾個綠色的腰包。

她背後還有一把自動式的說服者。雖然是點二二口徑且槍身細長的自動式，但是它的槍把向上，而且塑膠製的槍套幾乎是開著的，這可以讓她隨時能夠用左手拔槍。

奇諾一走近，原本停在漢密斯車頭的幾隻鳥兒便飛走了。

「讓你久等了，化身棲木的漢密斯。」

「歡迎妳回來，貪吃鬼奇諾。」

正當奇諾把大衣跟帽子放在行李上面時——

『各位國民早安，又是新的一天的開始。』

設在街角電線桿的揚聲器傳來女子的聲音。

「奇諾妳看，這兒也是一大早聽音樂做體操的國家呢，看來得跟著做才行。」

漢密斯雖然這麼說，但是放出來的並不是節奏規律的體操用音樂。

『祝大家今天也有個充滿活力的一天，那麼請欣賞以下的歌曲。』

在女播報員說完之後，緊接著傳來的是小提琴的旋律。

跟在流暢中帶有沉穩感覺的美麗音色之後的，是清脆高亢的聲音，那是個女孩的歌聲。

歌聲漸漸與早晨的景色融為一體。

那是描述想珍惜心愛的人的心情，一首平凡無比的情歌，因此更是一首能充分突顯出歌手高超的歌唱技巧及優美歌聲的清新歌曲。

「…………」

腰際掛了兩挺說服者的旅行者，站在摩托車的旁邊仰望天空聆聽著歌聲。

歌曲慢慢流瀉著，櫛比鱗次的房屋窗戶紛紛被打了開來。許多居民從窗戶探出頭來，傾聽那個歌聲。

不久歌聲結束了，廣播也就此結束。

『希望大家今天有個美好的一日。』

「結果不是體操啊？」

靜靜等待歌曲結束的漢密斯說道。

奇諾低頭往下看。

「好美的一首歌。除了歌曲不錯，歌手的聲音跟歌唱技巧也都很棒，我很喜歡。」

「哎呀，真難得奇諾會這麼滿意。」

在歌曲終了之後，廣場上的人們像是啟動開關似的開始各自活動；有的往城牆方向走，有的拉開了店門，有的準備馬車，還有人發動汽車引擎。

在這群人中，有名穿著圍裙的中年婦女注意到奇諾，並上前來搭訕：

「旅行者是才入境的吧？有聽到剛剛的歌嗎？不但曲子優美，歌聲也很動聽吧？」

面對這一連串的問題，奇諾予以肯定。

「是的，非常美。」

想不到那位大嬸非常興奮地說：

「那可是這個國家最自豪的歌姬所唱的歌喲。她可是國民天后呢，是這個國家的偶像！」

「哇，她這麼受歡迎啊。」

漢密斯說道。

「一點也沒錯！大概是兩年前吧，某個小公司舉行了一場選拔會，宣稱要發掘受全體國民喜愛的歌手，而順利通過甄試的就是她。她出道以後沒多久就非常受歡迎，現在全國上下沒有一個人不是她的歌迷呢！這就是她的照片喲！」

大嬸從懷裡掏出一張拍立得照片要拿給奇諾看。

「我也要看！」

聽到漢密斯的話，她就擺在略低的位置讓他們倆都看得到。

照片上是一名坐在椅子上的十二、三歲少女。美麗的少女獨自微笑。她有一雙像夏日晴空般深藍的眼睛，及捲了好幾層波浪，幾乎快長到腰際的捲髮，衣服則是讓人眼睛一亮的純白洋裝。

「這女孩就是歌姬？好美的女孩哦～」

「真的很美吧！簡直就像是妖精呢！如果看到電影裡的她，你一定會覺得更美呢！」

大嬸氣喘噓噓地回答漢密斯的話。

「…………」

奇諾不發一語地看了一會兒。

「覺得不甘心嗎？」「想變得跟她一樣嗎？」

漢密斯跟大嬸幾乎在同時說話。

奇諾不管三七二十一先往漢密斯的油箱搥下去。

「好痛！」

然後隨口回答大嬸：

「不，那對我來說並不適合。」

接著才說：

「不過我真的被她美妙的歌聲感動了。就我這一路旅行所聽到的歌聲之中，她的歌聲的確是最棒的呢。」

聽到這句話的大嬸綻開笑容說：

「天哪～我好開心哦！真的很開心！」

彷彿是自己被別人稱讚是美女似的，大嬸十分高興，不過她臉色又馬上垮了下來，用跟剛剛完全相反，像是喪家答禮的悲傷語氣說：

「可是，這個嘛……不曉得怎麼回事……」

「怎麼了呢？」

因為她的態度突然一百八十度的大轉變，所以漢密斯好奇的問她。大嬸看著照片說：

「最近她……好像不太有精神的樣子。」

「妳是說歌姬嗎？」

「沒錯。最近這幾十天她都沒有在眾人的面前露臉，也沒有聽說新歌發表的消息。過去政府還會定期舉辦寫真攝影會，但現在卻完全沒有動靜，所以店家也沒有擺她最新的照片，連電影的事也是沒消沒息。」

「這樣啊——」

「雖然只是謠傳，不過聽說她是因為臉受了傷而無法在公開場合露面，甚至連電影也無法參與拍攝，需要做長時間的療養呢。」

「這樣啊——」

「我才不要那樣呢！如果她像現在這樣變成半退出歌壇的狀態，真不知道這個國家的百姓該如何是好呢！」
獨自悲嘆的大嬸一邊顫抖一邊拿著照片。
「啊啊，該如何是好呢……」
到最後她仍然是邊唸唸有詞地邊慢步離去。
「…………」「…………」
留下呆站在晨間廣場的奇諾跟漢密斯。
「好了，接下來妳有什麼打算呢，奇諾。」
「這個嘛，我們先去這國家的市中心吧，等找到今天住宿的地方再去找修理廠。」
「贊成！」
正當奇諾披上大衣戴上帽子，準備跨上漢密斯的時候——
「嗨！你們終於進來啦？」

這次跟他們說話的是一名中年男子。奇諾往聲音傳來的正後方回頭看去，發現一名滿臉鬍鬚、年約五十歲的男人。他身穿夾克跟長褲，還罩了件有十多個口袋的背心。因為頭髮已經非常稀疏，所以乾脆剃得短短的。在他右腿的位置還套了自動式說服者的槍套。

「嗨，大叔！」

漢密斯馬上回答他，奇諾也出聲了。

「早安——我們剛剛才見過呢。」

男子走到奇諾他們面前停下來。奇諾繼續說：

「這個國家關城門的時間好早哦，因此我們在野地多露營了一晚。」

「果真是那樣啊？後來瀑布參觀得怎麼樣？」

「很有趣。我們還是頭一次看到從地面冒出來的瀑布呢。」

「很高興你們喜歡那個景點——對了奇諾，既然妳要停留三天的話，那就是後天出境囉？」

「是的，沒錯。」

「我們也會跟妳在同一天離開這個國家，而且同樣計畫往西方走。在抵達下一個國家以前，想請妳當我們這一團的護衛。妳覺得如何呢？」

聽到男子的提議，奇諾並沒有馬上回答，而是陷入沉思。

「…………」
男子繼續說：
「我知道跟又慢又重的馬車一起上路，並不符合奇諾妳旅行的作風，不過我們真的很需要槍法神準的高手。如果時間上允許的話，我還想請妳幫忙訓練我的部下呢。至於子彈的費用我們當然會負責的。」
「…………」
「奇諾妳自己決定吧。」
漢密斯讓她自行判斷。男子立起食指，打算來個順水推舟：
「酬勞的部分，我們會幫妳出跟我們同行時的所有餐費，因為我們會在這個國家採購足夠的材料。或者妳再去獵頭鹿什麼的也行，我們這兒的廚師手藝很讚吧？妳覺得呢？」
「我願意接！」
奇諾點頭答應。

「妳真好騙耶，真是的。」

漢密斯小聲說道。男子開心笑著說：

「我就知道妳會答應！那麼，後天傍晚怎麼樣？我們在西門前等妳喲——對了對了，要是妳有什麼大件行李的話，我們可以幫忙運到下一個國家，所以妳大可採購漢密斯載不動的東西。奇諾妳偶爾也可以嘗試做點大買賣啊？」

「你是說販賣高價的東西？這個嘛……這個就算了。」

奇諾輕輕揮手拒絕。

「反正妳有那個意願的話再說啦。這個國家的家具跟日常用品的品質都很好，所以不管帶到什麼地方都能賣到很高的價格呢。還有，我想妳可能不知道，這個國家的貧富差距很大。有部分屬富豪階級，部分屬中產階級，但是大半的國民是被迫過著窮困的生活，所以到處都是髒亂老舊不堪的貧民區，而且時常發生綁架、搶劫等事件，治安非常糟糕。要是不小心走近的話——」

這時候男子揚起嘴角笑著說：

「希望妳不要造成太多傷者哦。不過，如果有需要子彈跟火藥的話，我隨時都能賣妳，儘管開口沒關係哦。」

「喔……謝謝。我會盡量安分一點的。」

「哇哈哈！那我們到時候見囉，我正準備要跟某個有錢人談一筆生意呢。」

男子離開之後，奇諾小聲地唸唸有詞說：

「家具跟日常用品啊，話雖如此……」

「那對妳來說是不可能的事啦，妳對那種大型物品根本不識貨。」

這時候奇諾跨上漢密斯，把車頭往前推讓主腳架彈起。

「雖然我很想反駁你，不過真的是沒辦法載，所以還是作罷——但最起碼也要在這個國家留下美好的回憶。」

「加油吧！」

「謝啦！」

「這沒什麼啦。」

接著奇諾踩下發動桿，發動漢密斯的引擎。

「好了——先去找修理廠。」

這裡是國家的市中心。有著豪華街道的市區中，隨處可見高聳入雲的高樓大廈。

某座還在建築中的大樓，在超過四十樓的樓層擺了起重機及裸露的鋼筋。那兒的工人都沒有綁救生索就這麼走來走去。

在那棟大樓的地基——也就是在地面上拚命搬運貨物的工人們十分引人注目。他們從事的，是把裝有水泥的砂袋及裝了螺栓的木箱從大卡車的載貨台卸貨並搬運往大樓的工作。有好幾名工人不斷來回搬運著。

其中有一個比其他人要矮小得許多。

就是那個早上啃著硬麵包的少年。他的襯衫被汗水濕透，獨自扛著大砂袋混在大人裡面拚命工作。雖然他還是小孩子，卻沒有人幫他，不過少年也不冀望會有這種好事，因此他既不休息也不喊累，只是平心靜氣地做這份嚴苛的粗活。

現在的時間是介於早上跟中午之間。人、馬車及汽車在大馬路來回穿梭，十字路口處還有一位站在圓檯上指揮交通的警官。其中還有一輛堆了旅行用品的摩托車從大樓前面經過。

並列在左右兩側的店家裡的美麗洋裝跟寶石，隔著玻璃櫥窗閃閃發亮。前來購買的全都是氣質高雅又打扮貴氣的紳士淑女們。

卡車載貨台上的貨物被搬運一空時，戴著工程帽、西裝筆挺的工頭大喊：

「在下一趟卡車來以前先休息一下吧！」

工人們各自放鬆並當場坐下來休息。有人開始抓起木箱上的茶壺倒水喝，也有人跟伙伴談笑風生。至於少年只說了一句：

「我出去一下！馬上就回來！」

然後就從人行道跑向隔壁的建築物。

「那傢伙是怎麼了？要去哪裡啊？」

其中一名擦汗的大人訝異地說道。

「應該是去『歌姬小姐』那兒吧。」

另一個則邊笑邊回答。

少年橫越大馬路之後，就站在隔壁建築物一樓某家店的大型櫥窗前面。櫥窗裡面擺了好幾台附

有收音機的唱盤，正中間還貼了一張大海報。
「啊啊……」
令少年目不轉睛並同時發出嘆息的，是某個少女的照片。
她是一名坐在椅子上的十二、三歲的少女。她有一雙像夏日晴空一般深藍的眼睛，及捲了好幾層波浪，幾乎快長到腰際的捲髮，衣服則是讓人眼睛一亮的純白洋裝。少女對著鏡頭露出非常恬靜的微笑。
少年將帽子摘下並貼在胸前，眼神閃閃發亮地看著那名少女的藍眼睛。
店門隨著鈴鐺聲被打開，年約五十歲的老闆從裡面走出來，他看到少年親切地對他這麼說：
「嗨，艾里亞斯。」
名喚艾里亞斯的少年過了好一會兒才發現有人對他說話，隨即向老闆打招呼。
「啊，你好！」
「嗯，你來聽聽看。」
老闆說這句話的同時，擺在店頭的揚聲器正開始放送出唱片的聲音，緊接在前奏之後，是那位歌姬清脆的聲音。
「啊啊……」

艾里亞斯看著海報上的笑臉慢慢閉上眼睛，整個人置身在歌聲中。

從店裡傳送出來的歌聲，也讓路上的行人全都停下腳步。

好幾十名聽眾杵在原地不動，好不容易響徹街道的歌姬歌聲終於結束了。

艾里亞斯張開眼睛之後說：

「老闆！謝謝你！」

說完就跑回隔壁正在建築中的大樓，也就是他工作的地方。揮著手的老闆望著他小小的背影，然後看看擺在店裡販賣的唱盤價格。

「…………」

那上面標示的是像艾里亞斯這種窮人，工作十年都負擔不起的高價。

艾里亞斯用盡全力跑回工作場所，但是已經沒有工作可做了。

「因為中間出了點問題，所以下一趟卡車不會來了。今天的工作就到此為止。」

聽到戴工程帽穿西裝的男人這麼說，艾里亞斯反問他：

「那麼，今天的薪水呢？」

「當然只有四分之一而已。喏，這是你的份。」

他拿到的只有兩枚硬幣而已。艾里亞斯一度握緊之後，就把它們放進口袋裡並問著：

「今天的工作是什麼？其他還有什麼要做的？」

男子搖著頭說：

「沒有，你回家去吧。」

「怎麼這樣……」

那男人又對失望的艾里亞斯補了一句說：

「你明天也不用來了。」

「為、為什麼？」

艾里亞斯訝異地反問。

「因為要刪減人事，所以要裁掉幾個人，你也是其中之一。」

「為什麼？我很努力工作耶！」

艾里亞斯抬頭看著男人反問。只見那男人臉色不改地說：

「我知道你工作很認真。但是跟其他大人相比，你的工作量就明顯差很多。而且——」

「而且什麼？」

「剛剛你人不見了，不在現場的人都比較容易被裁員喲。」

「可是！那是休息時間啊——」

「那我知道，不過我已經決定了。你另謀高就吧，再見。」

男人的話說到這裡為止。

「哪有這樣……」

艾里亞斯難過地垂下肩膀。男人留下失望的艾里亞斯逕自離去。

艾里亞斯有氣無力地走回自己住處所在的街道，此時差不多是快接近中午的時候。在這個遙望高樓大廈、雜亂無章的低矮住宅區，居民的打扮跟高級大樓區有著明顯的不同。艾里亞斯從那些在白天裡就醉醺醺的男人們，以及在房屋之間的間隔曬衣服並任由水滴滴在馬路的女子們前面走過，往自己房間所在的小屋走去。

正當他彎進小巷子，走在密集又骯髒的建築物之間，光線不良又沒有任何人在的後巷時——

「怎麼了你，今天蹺班嗎？」

後面有男人的聲音傳來，於是艾里亞斯回頭看。一名看起來約二十五歲以上的年輕男子站在巷子裡。他穿著牛仔褲跟乾淨整齊的夾克，他的臉型瘦長，而且有點黑。

「你好，羅伯先生。」

艾里亞斯打完招呼之後又說：

「我的工作飛了。他們說什麼因為我是小孩子，實在是太過分了。這下子在找到工作以前，我連麵包都沒得吃呢。」

叫做羅伯的男子看著艾里亞斯苦笑的臉——

「嗯……」

他思考了一下，然後走近艾里亞斯幾步，輕聲說道：

「你——想要工作嗎？要不要跟我一起工作？」

「咦？可是……」

艾里亞斯欲言又止的，羅伯乾脆地點著頭說：

「沒錯，是很危險的工作，是綁架有錢人喲。」

「這個我……還是算了。」

「你不想做沒關係啦，不過，能拿到不少錢哦——我知道你希望能買一台附有收音機的唱盤對吧？買了它之後，歌姬的歌你想聽就能隨時聽到了。」

「…………」

「像你這樣只靠勞力工作，到底要賺到什麼時候才能買呢？自從你父母死了以後，你光是要養活自己都很困難了。」

「…………」

「我說艾里亞斯，在這個國家幹綁匪是很讚的生意喲。被綁架的被害人都有投保綁架險，屆時還能收到一筆保險金，而且人質最後也會平安釋放。最後損失的只有保險公司而已，這種好康的事要上哪兒找呢？只不過支付保險金的保險公司會向法院提出告訴啦。不過我們都會在貧民區消費到手的錢，這麼一來這兒的居民也會非常開心——所以誰都不會有損失的，況且這算是讓有錢人一部分

的錢流向窮人口袋的經濟循環喲。別把那種事想得太壞啦！」
艾里亞斯的臉色非常難看。他沉默了幾秒之後說：
「可、可是！像我這種小孩子，根本就做不了什麼事情呀……」
羅伯否定了艾里亞斯的負面說法。
「你錯了。正因為是小孩子，這份工作才適合你發揮喲，也因此我才會找上你。怎麼樣？試一次看看嘛，反正又不會被抓。」
「…………」
「你不是想要歌姬的唱片嗎？」
「那、那個——」
「我了解了，如果你這次不想幹也沒關係啦。」
「…………」
「總之先跟我走一趟怎麼樣？」
羅伯輕鬆乾脆的詢問方式，終於讓艾里亞斯輕輕點頭。
那一刻也永遠改變了他的人生。

過了沒多久——

他們來到了地上倒了好幾支酒瓶，髒亂的方式跟艾里亞斯的房間截然不同的房間。

「…………」

艾里亞斯獨自坐在椅子上，無所事事地等待。

在同樣不太乾淨的隔壁房間裡，有三名男子聚集在一塊。

一個是把艾里亞斯找來的羅伯。另一個是滿臉鬍鬚，輪廓跟體格都很粗獷的四十幾歲男子。然後還有一個是個子矮小，頭髮往上推剪，也是看起來年過四十的男人。那兩人都穿著黑色西裝，還牢牢打了領帶。

「…………」

矮個男沒有說話，不過很明顯對羅伯把艾里亞斯帶來這件事並不滿意。

「肯恩先生、尤恩先生，對於我擅自把他帶來這裡一事我鄭重向你們道歉，不過這傢伙真的可以派上用場喲！」

「把你的理由說來聽聽。」

名叫尤恩的鬍子男，用冷靜的語氣問道。

「他真的很棒啦。首先艾里亞斯沒有任何前科，過去也都很認真工作，所以在那條街上是絕不會被警察盯上的稀有動物。加上這次要綁架的不是跟他同年齡的小鬼頭嗎？在釋放她以前正好可以讓他負責看守啊。而且那傢伙住的地方在稍微偏離馬路的小屋，平時根本很少警察會過去巡邏。我們屆時可以把人質放在那邊，如此一來我們三個就能一起去約定取贖金的地點。這跟只有兩個人去比起來要保險多了。」

羅伯一連說了好幾個理由。名喚肯恩的矮個男沒有說話，他看起來似乎有些不滿，但是並沒有反駁。

尤恩說：

「而且有什麼萬一的話，我們可以跟那小鬼撇清關係，我們三個人就可以全身而退。」

羅伯對他這席話大表贊同。

「一點也沒錯——不怕一萬，只怕萬一呢。」

尤恩只是這麼說：

「算了，這樣也好。」

「況且，那傢伙應得的那份酬勞只要隨便應付一下就可以了！」

羅伯語氣輕浮地說道，但是尤恩卻狠狠地瞪他一眼。有點畏縮的羅伯這才勉勉強強地改口說：

「既然加入我們的行列，無論是什麼人都要平均分配。」

森林小徑裡，有一輛車一邊舞起堆積的落葉一邊疾駛。黑色的車身，在這國家算是非常普通的大眾車種。

時間是下午。太陽已經西斜了。

坐在右側駕駛座握著方向盤的是羅伯，在副駕駛座不發一語的是肯恩。至於玻璃窗塗成黑色的後座則坐著尤恩跟艾里亞斯。艾里亞斯一副惶惶不安的樣子，絢麗耀眼的森林隔著黑色玻璃窗從他的眼前流逝。

忽然間艾里亞斯看著坐在左邊的尤恩。尤恩脫下西裝攤在膝蓋上，將說服者裝填子彈，那是點二二口徑的小型子彈，他慢慢把它塞進細長的彈匣裡。

尤恩厚實的胸膛左下方掛著槍套，右下方則吊著裝了彈匣的腰包。槍套裡收了一挺細長的自動式說服者。

「…………」

艾里亞斯靜靜地看他裝填子彈，尤恩察覺到有視線盯著自己看，便以銳利的目光掃向艾里亞斯。於是艾里亞斯說：

「要、要用……那個嗎？」

尤恩面色不改地回答：「如果有必要的話。」然後又說：

「但是，大多只拿來嚇唬對方而已。老實說就算是富豪的護衛，也不希望為了一份死薪水而送命。只要我們先瞄準對方，他們幾乎都會投降的，會開槍也只限於對方不肯聽我們話的時候。」

裝填好子彈之後，尤恩從槍套拔出說服者。

那是一把槍管的四周由粗圓筒，也就是滅音器組合而成的自動式說服者。它的顏色整個都是黑的。尤恩把裝滿子彈的彈匣放進槍身，拉開滑套讓子彈上膛，接著關上保險之後再放回槍套裡。

「那、那麼，我也──能夠用它嗎？」

一直在旁邊看這群人一舉一動的艾里亞斯提出這樣的詢問，鬍子男輕輕搖著頭。

「這對你來說太勉強了，而且──」

「而且什麼？」
尤恩眼神堅定地望著抬頭看他的艾里亞斯，斬釘截鐵地這麼說：
「能夠不要拿說服者的話，還是不要拿的好。」

這裡有著寬大的床鋪及豪華的書桌，窗戶還掛著綴滿蕾絲的窗簾。
「好，搞定了！」
在這令人情緒平穩的飯店某房間裡，身穿白襯衫的奇諾完成了名叫「卡農」的左輪手槍的清潔工作。
桌上舖著報紙，上面有一把擦拭晶亮的左輪手槍，以及分開擺放的三個零件。分別是從握把連同擊鐵的基礎部分，以及蓮藕狀的圓筒形彈匣部分，還有從彈匣到前方呈八角形的槍管部分。
「接下來只要組合上去就完工了。」

奇諾把彈匣插進基礎部分，把槍管的部分嵌好，再塞進固定的小零件。不到幾秒鐘就完成了左輪手槍的雛型。

奇諾的另一把槍是叫做「森之人」的自動式手槍，也收在拿下來的槍套裡，擺在書桌的角落。

奇諾用刷子及注油器等清潔用具俐落地整理乾淨，然後走到房間另一端的流理台，用肥皂把手洗乾淨。

在房間的另一側角落，漢密斯就在靠近入口大門的位置用主腳架站立著。所有旅行用品不僅全都卸下來，後輪旁邊還立著一把步槍式的說服者。

它前半部的黑色金屬部分很醒目，右邊的是圓筒狀的滅音器，下面還附了兩隻腳。後半部是木製槍托跟機關，上面附有狙擊用的瞄準鏡。奇諾稱這個叫做「長笛」。

至於「長笛」的旁邊，也就是漢密斯後面的載貨架裡，則放了一本名為《五二式國民步槍分解型維修指南～一點都不難！大家一起努力吧～國防委員會・製作》的小冊子。

「這下子終於全清完了，辛苦妳了。」

漢密斯說道。奇諾邊用手擦汗邊走回去。

「要徹底完成三把槍的清潔工作果然很辛苦呢。」

「要不要賣了一把呢？」

「可是賣了我也會很難過，畢竟它們各有各的回憶呢，頂多就是不要再增加了。」

「我看也只有那樣了。」

「還有摩托車也是。」

「的確該那麼做——對了，零件的事，妳打算怎麼辦？」

「看來只有把希望寄託在下一個國家了……」

「下一個國家也不保證會有呢。」

「你說的沒錯……」

奇諾邊唸唸有詞邊回到床上，然後整個人往後倒。在床上輕彈兩下之後，她伸直雙臂說：

「今天先睡再說，我要一直睡到晚上。訂正，我要睡到晚餐時間。」

「好，晚安。不過難得有床可睡，要是妳晚上睡不著的話我可不管妳哦。」

奇諾閉著眼睛回答漢密斯說：

「到時候再說吧！」

這個時候，艾里亞斯他們搭的車正行駛在郊外的道路上。

放眼望去，在視線左側有一個寬闊的湖泊，將陽光反射得非常美麗，右側則是一片面向湖畔的森林。平靜的湖水映照著紅葉，是個非常美麗的地方。

這條路雖然很寬敞，但沒有舖柏油。車子一面揚起薄薄的沙塵，一面用相當快的速度行駛。

距離車子不遠的前方有另一輛車在奔馳。那是一台大型的豪華高級轎車，後車窗還掛著白色蕾絲的窗簾。除此之外並沒有看到其他車輛或人影。

「就是那輛車，他們刻意走人煙稀少的路，車牌號碼也跟情報調查的一樣——動手吧！」

尤恩說道，其他伙伴紛紛點頭回應。其中只有艾里亞斯的臉不斷在冒冷汗，兩手緊抓住後座的扶手，緊張地不斷喘氣。

「…………」

這時候車子加速追上前面的車子，還利用對向車道超車。

羅伯拚命響著警笛，在此同時肯恩打開車窗，從懷裡掏出球形物體並往高級轎車丟過去之後，就對著對方的司機如此大喊：

「喂！不好了！」

當高級車裡身穿制服的司機訝異地略開車窗，肯恩就對他大聲喊著：

「車子後面燒起來了！很危險，快停車啊！」

這時候高級車的後車箱附近開始冒出細細的黑煙。

那是剛剛肯恩丟的煙霧彈黏在後車箱之後所冒出來的煙。那顆有如橡皮球的物體是利用黏膠附著在上面，並且不斷冒著煙。

但是不曉得真相的司機則緊張地踩了剎車。

這輛高級轎車與艾里亞斯搭乘的車，同時一起放慢速度，最後輪胎打滑地停在馬路的正中央。

尤恩跟肯恩終於留下緊張到顏面僵硬的艾里亞斯從車上衝出去。

「喂！有沒有滅火器啊！」

他們一面大喊一面接近高級轎車。因為車子停下來的關係，煙霧開始慢慢包圍著高級轎車。打開車門焦急下車的司機，連忙把後座的車門打開。

「請快點下車！情況很危險！」

聽到司機這麼叫，車裡出來了兩個人。

一個是穿著黑色西裝的壯漢，也就是保鑣。另一個則戴了足以把整張臉都遮住的寬帽沿帽子，以及穿著綴滿許多蕾絲的粉紅色洋裝的女孩。

「滅火器呢？」「快離開，很危險的！」

肯恩一邊這麼說，一邊接近司機，尤恩則慢慢接近保鑣。

「在後車箱裡——」

就在這時候，肯恩用疑似黑色棍棒的物體，毆打話還沒說完的司機。那是用皮製的軟布塞滿沙子所做成的工具。司機的帽子被打飛，本人更是當場休克。

保鑣也幾乎在同時挨了尤恩一頓揍。

「嘎！」

只見龐大的身軀倒在柏油路上。因為他正準備抱著女孩一起逃，所以那女孩也跟著一起倒下，還發出小小的慘叫聲。

這時候尤恩拿起小噴霧器對準那女孩的嘴巴一噴，吸到氣體的女孩就在一瞬間閉上眼睛，脖子也變得癱軟無力。

「不好意思，麻煩妳先睡一下。」

尤恩一抱起女孩，便使眼神要肯恩撤退。兩人以快到驚人的速度上車，而車門才一關上，羅伯就立刻開車。

車子留下煙霧好不容易散去的高級轎車，及倒地呻吟的兩個男人之後便揚長而去。

那是個湖面倒映著紅葉林的美麗場所。

在揚起落葉、奔馳在森林裡的碎石子小路上的車子裡——

「真是太簡單了！」

開著車的羅伯露出滿面的笑容。

「看起來，應該是沒問題吧……」

坐在副駕駛座的肯恩從後照鏡確認有沒有車追上來，然後擦掉臉上的汗水。

尤恩一邊對艾里亞斯說：

「幫個忙吧。」

然後一邊幫坐在後座中央沉睡的女孩蓋上毛毯。

「好、好的！」

艾里亞斯笨拙地替粉紅色蕾絲女孩蓋上毛毯。這時候尤恩把她的帽子摘下來，隨即露出一張女孩的臉。

是跟艾里亞斯差不多年紀的女孩。

她的頭髮是有點暗的紅髮，編成辮子從左右兩邊垂下來。在她的鼻子兩邊長了許多雀斑，看起來非常明顯。她閉著眼睛靜靜發出睡著的呼吸聲。

「…………」

就算她的臉被毛毯蓋住，艾里亞斯仍盯著她看。

「怎麼？你喜歡上她啦，艾里亞斯？」

羅伯邊回頭邊消遣他。坐在副駕駛座的肯恩則勸他專心看前方開車。

「你、你在胡說些什麼啊，羅伯先生！」

艾里亞斯有點不高興地反駁。

「我想也是，畢竟你的女神可是金髮呢。」

聽到羅伯那麼說，肯恩歪著頭不解地問：「這話是什麼意思？」

「這傢伙喜歡上歌姬了，而且到了無法自拔的地步呢。」

「這個國家找得到不愛歌姬的人嗎？」

尤恩從後座說道。

「話是沒錯，不過這傢伙的年紀跟她不相上下，如果他們可以一起長大的話，搞不好將來有機會娶她呢。」

艾里亞斯有點害臊地說：

「我！我喜歡的是她的歌啦！長得可不可愛是其次！我喜歡的是歌！」

「誰曉得呢！」

被羅伯恥笑的艾里亞斯氣嘟嘟地往窗外看。這時候肯恩開口了：

「說到歌姬——有關她的謠言還真多呢。」

因為他們提起歌姬的事情，讓艾里亞斯又把頭轉到前面。

「最近她都沒有拍新電影跟照片呢——所以有謠傳說她可能是生了什麼大病，或是受傷而無法重返歌壇。」

「不、不可能！不會有那種事的！」

艾里亞斯拚命否定，但他當然沒有根據，因此只能說這是他的願望。

「但搞不好真的是那樣呢……畢竟她最近休息太久了。」

羅伯說道。

「不會吧……」

艾里亞斯聽到這些話，難過到快要死掉了。倒是尤恩像個老師似的，用沉穩的語氣對傷心的艾里亞斯說：

「這只是謠傳，還不確定呢，畢竟消息實在太少了。在資訊缺乏的情況下，是不能隨便決定一件事的。」

「艾里亞斯，你知道剛剛為什麼用那種假的煙霧彈就能讓對方停下車嗎？即使大家明知道那大多是綁架行為。」

艾里亞斯被尤恩這個問題嚇了一跳，他想了幾秒之後說：

「我不知道……」

「理由就在於那輛高級轎車上，那輛車在構造上有缺陷。這種車頻頻發生排氣管的高熱導致車體燒焦的事故，嚴重時還會導致車體整個燒起來呢。雖然車商並沒有公開，但這件事早在富有的車主之間流傳開來了，因此他們以為從後面冒煙就表示出事了，因此也只好採取下下策——也就是停車把門打開。」

「原來如此！好厲害哦……」

看到艾里亞斯這麼佩服，尤恩繼續發表他的高論。

「行動的時候要利用正確的情報冷靜行動，根本就不需要什麼『勇氣』。否則在我眼裡看來，那跟『有勇無謀』是一樣的。」

艾里亞斯對直盯著自己看的鬍子男這麼回答：

「知、知道了！」

接著尤恩又把頭轉向前面沉默不語。

車子從森林行駛到與城市相連的寬敞柏油路，並夾雜在其他車輛之中。他們就在沒有超速的情

況下，靜靜地跟其他車輛一起行駛在看得見稀稀落落的店家及房舍的道路上。

就在這個時候——

「是警察！」

羅伯簡短喊了一聲。只見幾輛響著警笛的藍色巡邏警車疾駛過來。

「咿——」

艾里亞斯小聲喊叫。

「別慌，假裝沒事繼續往前跑，他們的目標不是我們。」

尤恩語氣冷靜地說道。

果然正如他說的，警車一面發出尖銳的警笛聲，一面從對向車道離去。

臉色蒼白，好不容易度過這數十秒的艾里亞斯詢問尤恩。

「你好厲害哦……剛剛那是怎麼回事？你是基於什麼原因做出那樣的判斷啊？」

「很簡單，就是經驗累積下來的第六感。」

尤恩答道。

少女睜開眼睛的時候，看到的是滿布污漬的天花板。

上面垂著一顆沒有燈罩的小燈泡。雖然燈沒有亮，不過從窗外照進來的夕陽倒是蠻亮的。

「嗨，小妹妹。妳醒啦？」

聽到男子說話的聲音，紅髮麻花辮少女慢慢起身。她先是查覺自己現在正躺在床上，接著發現所在的房間有點狹小也很骯髒。

「你們，是誰？」

最後看到有四名陌生人正盯著自己看。

分別是羅伯、肯恩、跟她說話的尤恩，以及躲在後面一臉戰戰兢兢的艾里亞斯。

「請妳冷靜地聽我們說，我們是——」

少女瞪大眼睛打斷尤恩的話說：

「你們是綁匪嗎？我說的沒錯吧？我被你們綁架了對吧？」

她的聲音很清脆。以知道自己遭到綁架這種事的小朋友來說，她的語氣跟態度實在出乎意料的鎮靜。

「…………」

站在這群大人後面的艾里亞斯歪著頭。

「沒錯，妳懂蠻多的嘛。」

少女從床上爬起來，站在默默把身子往後挪的尤恩前面，並對他行了個禮。然後說：

「我的名字叫莎拉．羅倫斯。住址是東二番住宅市第三十四街之五號。電話號碼是東地區二九九八三五。暗號是『白色服裝與帽子』。」

「妳叫莎拉是嗎？看起來好像受過很好的教育，我們也省事多了。」

尤恩繼續跟自稱是莎拉的女孩你一言我一語地對話。

艾里亞斯倒是納悶地湊近羅伯的耳朵，對她怎麼會這麼乾脆地說出自己的姓名跟地址感到不解，而所謂的暗號又是什麼怪東西。羅伯小聲地回答說：

「有錢人家的小孩通常都會事先被大人教育過，要是遇到綁架事件的話，為了讓事情能夠平安落幕，一定要乖乖地聽話等著大人們去救他。並交待他們要冷靜以對，說出姓名、地址及電話號碼，以及讓綁匪確認是不是本人的暗號。」

「原來如此……」

「只要對方乖乖付錢，我們就有義務將人質平安送回去，這是一場交易——但反過來說，當我們收到的不是錢而是子彈的時候，人質就可以直接犧牲掉，不過目前還沒遇到這樣的例子啦。而且呢，即使是綁架犯佔上風，也從來沒有發生對贖金獅子大口開的情況呢。」

「原來如此，原來如此。」

正當艾里亞斯感到非常佩服的時候，尤恩跟莎拉仍在進行紳士般的對話。

尤恩這麼跟她說——

接下來他們將會要求贖金，而且不管交付贖金的動作有多快，一定都會搞到太陽下山。因此多半會在半夜到凌晨這段時間內釋放她，時間若拖得久一點，就只好請她在這裡委屈一晚。因為這裡的治安不是很好，如果她擅自逃離這裡的話，將無法保障她的安全。

尤恩像個老師似的，用彬彬有禮的語氣叮嚀著。

「知道了，我會乖乖等的。」

莎拉則像個好學生那樣回答他。她說話的方式感覺有些老成。

「那麼，莎拉——」

尤恩開了口，並用手指叫站在後面的艾里亞斯過來。艾里亞斯往前走出幾步，剛好跟莎拉四目交接。

「哎呀?還有一個?」

莎拉的表情有點訝異，不過語氣似乎有些高興。

「……………」

艾里亞斯對於她直射而來的眼神有種壓迫感，於是不由得往後退了退。不確定她說的「還有一個」是什麼意思的尤恩回答：

「不是的，這傢伙也……算是我們的伙伴。他專門負責接下來監視妳的工作。」

「天哪，真不可思議!叫這麼不堪一擊的男孩子沒問題嗎?」

莎拉瞪圓眼睛，一副打從心裡很驚訝的樣子。羅伯跟肯恩抿著嘴角微笑，艾里亞斯則是明顯被激怒了，也可以說他是惱羞成怒。

「什麼意思啊妳!人質還敢這麼跩!」

「哎呀?人質可是很重要的喲，可以換得大筆金錢呢!要是你被綁架的話，有可能值得了這麼多錢嗎?」

搖動著辮子的莎拉語氣堅定地反駁，使得艾里亞斯一時語塞。

「…………」

他恨恨地咬牙切齒。尤恩把手搭在他肩膀說：

「這傢伙是艾里。」

「天哪，好像女生的名字哦。你該不會是女生吧？」

這句話又再度激怒了艾里亞斯。而尤恩繼續語氣冷靜地說：

「不是的，名字當然是假的，畢竟我們可是綁架犯呢。在放妳走以前由他負責監視妳，你們兩個就好好相處吧。」

「是嗎？那我知道了。」

「應該明天早上就能放妳走了。我再重覆一遍，我們會來接妳的，在那之前千萬不要想逃離這裡。要是妳沒有待在這裡，我可無法保障妳的生命安全哦。」

「知道了。」

看到莎拉堅定地點頭，尤恩對艾里亞斯使了個眼色。

「那就拜託你了——你可要好好幹啊，辦得到嗎？」

「辦得到。」

這一次縱使很緊張，艾里亞斯仍點頭表示自己的決心。

「很好。」

接著尤恩轉身對其他兩個人說：「我們走吧。」肯恩目不轉睛盯著艾里亞斯跟莎拉後，接著羅伯把一個大紙袋交給艾里亞斯。

「這給你。」

艾里亞斯抱著紙袋往裡面看，看到裡面裝的是看起來很軟的麵包跟似乎很昂貴的果醬。艾里亞斯輕輕吞了一下口水，然後把它放在桌上。

「那就看你的囉，反正就是照剛剛說的，乖乖待在這裡等消息。還有，差不多該把窗簾拉上了。」

羅伯留下這句話之後，三名大人就走出房間。至於艾里亞斯則先把門鎖上再說，等點亮微弱的燈光之後，就連忙照羅伯所說的把房間的窗簾拉上。雖然那很像是拿塊破布權充的窗簾，但多少還是能夠遮掩外頭的視線。

「呼……」

艾里亞斯先讓自己冷靜下來，然後對杵在床鋪旁邊的莎拉說話。因為不想再被她瞧不起，所以他用稍微強硬的口氣說：

「妳可以坐在椅子上，不然坐在床上也行。妳這樣杵在那裡看了很礙眼。」

接著望著她的臉時，不由得嚇了一跳。

「啊……」

艾里亞斯這才發現，剛剛一副盛氣凌人的莎拉，現在的表情卻好像快哭出來似的，身體還微微顫抖著。

「你一點都不可怕！」

他聽到快哭出來的少女突然像在強辯地這麼說。

「咿！」

艾里亞斯訝異地往後退。

「令人害怕的是剛剛那個大鬍子！而且我聽說過『那種態度客氣的綁匪更可怕，千萬別反抗他』

的說法！」

「啊啊……嗯……」

艾里亞斯點了好幾次頭。

「我懂……我明白。的確，要是惹那種人生氣是很可怕的。」

「而我之所以沒有逃，並不是因為怕你哦！」

「嗯，我知道，我這種人看起來就很沒用。連個武器都沒辦法拿……唉……」

「沒錯！我不會跟你說話的！雖然我不會逃離這裡，不過從現在開始無論你對我說什麼，我都不會理你的！」

「…………」

艾里亞斯沒有反駁，只是啪地一聲坐在床的一端。

莎拉也是一臉泫然欲泣的表情，啪地一聲坐在床的另一端。

「…………」

「…………」

過了好一陣子兩個人都沒有說話，時間就在他們聽著從馬路傳來的微微喧囂聲中度過。

咕嚕！

某人的肚子叫了。

艾里亞斯往右邊看，莎拉一句話也沒說，只是低著頭，滿臉通紅，還有點生氣。

他戰戰兢兢地問：

「呃……要不要吃麵包？」

一直低頭的莎拉簡短地回答：

「要。」

「是，我非常了解——是的，沒有錯，是莎拉小姐。」

管家在豪華的會客室裡接聽電話，是早上通知少女開始工作的那位管家。

他的四周聚集了好幾名西裝筆挺的男人，但是沒有看到任何一名穿制服的警官。在場所有的人都愁眉苦臉地聽著管家跟綁匪通電話。

窗外的天色開始變暗，原本湛藍的天空轉為橘紅色。隔著窗戶可以看到石砌的庭園也慢慢被染成橘紅色。

『請你千萬不要小看我們哦。』

在電話裡，尤恩這番語氣冷靜的威脅奏效了。他的聲音透過桌上的小型揚聲器被播放出來，好讓在場所有人都聽得到。

「是的——從各位俐落的手法來看，我們了解這是經驗豐富的職業綁架犯所做出的犯罪行為。基於小姐的安全考量，我們會支付您所要求的金額——是的，您說的金額應該很快就能準備好。」

管家始終謙卑地兩手緊握話筒，並用彬彬有禮的語氣說話。

『那麼，我要指定地點了。屆時必須是現在跟我說話的你一個人前來，知道嗎？』

「知道了。」

『時間是傍晚太陽下山之後。』

「是。那麼，我該到哪裡——」

就在管家準備詢問地點的那一刻——

大門隨著相當大的聲響被用力打開，穿著西裝、臉色大變的中年男子衝了進來。在場所有人都被那男人的樣子嚇一跳，並直盯著他看。

男子滿頭大汗地說道：

「死了……剛剛得到了消息……」

現場的氣氛在剎那間變得既冰冷又凝重。這幾秒之間，每個人都默不作聲。

『喂？』

尤恩的聲音響徹會客室，所有人這才像是想起什麼似的盯著揚聲器。

「啊啊！真是非常抱歉，我這兒的電話收訊狀況不太好。」

管家捏造謊言並對他道歉，同時也看著會客室裡的那群男人。

其中一人用手指做出手勢。他伸出食指，立起大姆指。

「…………」

不發一語地對管家做出用說服者開槍的動作，而且還舉起手掌在自己頸部的位置往橫向移動，一看就知道那是要把對方「做了」的意思。

管家面不改色，默默地輕輕點頭。

「…………」

然後對話筒另一頭的男人這麼問著：

「很抱歉，我剛剛接到通知，因為籌錢實在要花一些準備時間——能不能把交付贖金的時間改到晚上呢？」

傍晚，就在太陽變成橘紅色的固體，似乎就要跟紅葉林觸碰到的時候——

睡夢中的奇諾跟漢密斯所在的房間響起門鈴聲，接著是一陣激烈的敲門聲。

「……嗯？」

「好像有客人來呢，奇諾。」

漢密斯對趴在床上抬起臉來的奇諾說道。

從床上起身的奇諾邊唸唸有詞地抱怨，邊用右手握著從槍套拔出的「卡農」往門的方向走去。

「該不會是晚餐的客房服務吧？」

雖然漢密斯這麼說，不過奇諾邊喃喃地說「不可能」，邊往房門走去。

她沒有馬上開門，也沒有站在門的後面，只是劈頭就問：

「請問是哪位?」

「旅行者!妳是旅行者吧?」

回答的是一個男人的聲音。

「這個嘛,我是旅行者沒錯。」

「我從前天入境的商人那裡聽說妳很有本事——因此我有事情想拜託妳幫忙。拜託妳!已經沒時間了!」

「什麼?」

奇諾歪著頭表示不解。

夕陽西下時,在艾里亞斯的房間裡——

「嗯,真好吃。」

「…………」

莎拉解決了兩塊夾了果醬的橄欖形麵包,艾里亞斯則被她的食慾嚇呆了。此時莎拉正坐在椅子上,艾里亞斯則坐在床邊。

桌上只有麵包的小碎屑，跟用掉一半以上的果醬瓶，然後還擺了喝茶用的馬克杯。因為只有一個杯子，所以只有莎拉喝茶而已。不過茶是艾里亞斯泡的。

「我本來還擔心有錢人家的千金小姐，會不會不願意吃這種東西呢。」

艾里亞斯說道。

「才沒那回事呢，是你對有錢人有太多偏見。」

莎拉乾脆地回答。這下子，兩人開始聊了起來。

「那是因為，我並不了解有錢人的生活啊……」

艾里亞斯唸唸有詞地說道。

「你說你叫艾里？」

「是、是的，沒錯。」

「你沒有父母嗎？」

「沒有。本來我跟我媽媽相依為命，不過她在兩年前病死了。」

「這樣啊。」

「我可不需要別人的同情哦，因為就算只有我一個人，我也會努力工作養活自己。雖然我現在做這種事，不過在那之前……」

「我可沒有在同情你喲，因為我也沒有爸爸媽媽。」

莎拉輕描淡寫地說道，艾里亞斯感到相當驚訝，他目瞪口呆地望著莎拉。

「幹嘛？有那麼奇怪嗎？」

「這麼說……妳現在怎麼生活？」

「雖然我是跟一群大人生活——但事實上跟你是一樣的喲！」

「這話是什麼意思？」

當艾里亞斯不解地轉過頭來，莎拉一副很神氣的挺起胸膛回答：

「我也是靠自己努力工作的！而且，比你還會賺錢喲！」

「少神氣了！錢賺得多就了不起啊！」

「不僅是那樣哦！就連年紀也是我比你大呢！艾里，你幾歲？十歲嗎？」

「別瞧不起人好不好！我已經十二歲了啦！」

「你生日是？」

「上個月！」
「那我比你大！我下個月就十三歲了呢！」
艾里亞斯被她惹得火冒三丈，不過他並沒有繼續反駁。
「啊～我口渴死了，能不能跟你要一杯茶呢？」
莎拉突然用非常優雅有禮的口吻說話，艾里亞斯則氣呼呼地站起來，走到擺在房間角落的小電爐，確定茶壺的重量之後就按下開關。
就在那個時候——
「我是因為想用這次賺來的錢買唱片跟唱盤，才勉強接受的。」
他小聲地喃喃說道。
「你說什麼啊？」
莎拉如此問道。
「沒什麼！」

艾里亞斯回答。

夜晚。

太陽下沉到西方大地，殘光早已經消失，東邊的天空只有滿月散發著光芒。

在樹木稀疏而空曠的森林裡有三名男子。分別是尤恩、肯恩以及羅伯。月光把他們的影子拖得長長的，他們各自面向不同的方位，背靠著樹幹站立著。

四周沒有房舍，也看不見人工照明。倒是有好幾重的蟲鳴合音圍繞著他們三人。

肯恩看了一下手錶，沒有說一句話就把手放下。

「喂，你們看西邊。」

是尤恩的聲音。三個人往尤恩說的方向看去，發現遠處有個由大燈所照出來的光線。雖然燈光在森林裡隱隱約約的不是很清楚，但那道光的確是往三個人的位置接近。

「奇怪？怎麼沒聽說他們是騎摩托車來？」

羅伯如此說道，並且從懷裡拔出小型左輪手槍。它的槍管極短，槍身蓋住了擊鐵，是隨時都能從口袋掏出來射擊的類型。

「除非我先開槍，否則不准動手。」

尤恩下了這道命令，並且盯著慢慢接近的燈光看。原本很小聲的引擎聲，現在已經清晰可聞。

摩托車輾過森林裡的雜草，慢慢駛近那三名男子。當燈光照射到靜靜從樹蔭裡走出來的尤恩，車子就停了下來。

這時候騎士把引擎關掉，大燈也熄滅了。森林裡又回復到只有蟲鳴跟月光的情景。

油箱在月光的照射下發出暗淡的光芒。摩托車騎士放下側腳架的金屬撞擊聲顯得非常清楚。

「那個——不好意思，前面那三位先生。」

奇諾的語氣聽起來一點都不緊張，就像在喊鄰居似的。三名男子被她年輕的聲音嚇到，互相看了對方一眼。

「請問有什麼事？」

尤恩問道。奇諾回答：

「我是來買『白色服裝與帽子』的。」

聽到回答之後的尤恩，指示隱身在隔壁樹蔭裡的羅伯「待在這裡不要動」，然後對肯恩說：「跟我來。」兩個人踩著雜草，懷裡放著說服者慢慢接近奇諾。

奇諾穿著黑色夾克戴著帽子，脖子上掛著防風眼鏡。右腰掛著「卡農」，腰際後面則是一把「森之人」。

奇諾用極普通的語氣對走過來的兩名男子說：

「你們是『賣家』嗎？」

兩名男子跟她保持幾公尺的距離便停下腳步。尤恩看著奇諾的臉問：

「沒錯。倒是閣下又是哪位？」

「我是今天入境這個國家的旅行者。」

「妳為什麼會來這裡？」

「我是接受委託特地前來的——對方要把我這個公事包帶來交給在這裡的男人，然後詢問『白色服裝與帽子』所在的地點。委託我的人說他是某個富豪的管家，只聽說他突然無法赴約，至於詳細情形我就不清楚了。」

「公事包在哪裡？」

是肯恩的聲音。奇諾指著漢密斯說：

「我用橡皮繩綁在載貨架上，可以拿過來嗎？」

尤恩點頭，於是奇諾繞到漢密斯後面解開載貨架上的橡皮繩。她一舉起金屬製的大公事包就慢慢走近那兩個男人，然後擺在距離他們約四公尺的草地上，放下之後又往後退了幾步。

尤恩跟肯恩走近公事包，肯恩接著把它拿起來並打了開來，裡面塞了滿滿的鈔票。肯恩也順便確認每一疊都是貨真價實的鈔票，還數了數鈔票的疊數。

「很好。」

肯恩接著就把公事包合起來，鎖頭也「卡嚓」地鎖上。

就在那一瞬間，一直沉默不語的漢密斯開始用沒有人聽得見的聲音數數：

「一——二——」

「接下來，我必須知道『白色服裝與帽子』的下落才能回去交差呢。」

聽到奇諾這麼說，尤恩回答她：

「妳知道第南十五街嗎？在那兒的十八號地區的二十三號有棟小屋，她就被關在那棟小屋的房間裡。」

「咦？」

聽到尤恩這麼說，在後面待命的羅伯發出非常訝異的聲音。尤恩不在乎地繼續說：

「有個跟她同年齡的男生跟她在一起，他是被我們用說服者威脅才不得已讓出房間供我們使用的，屆時他可能會自稱是我們的伙伴，不過那是我們逼他那麼說的。因為他也是被害人之一，麻煩請警方也把他跟『白色服裝與帽子』一起列入保護對象。」

奇諾微微歪著頭說：

「整個事情我不是很了解……不過我再覆誦一遍。地點是第南十五街的十八區二十三號，然後要把那兒的少年也一起列為保護對象是吧？」

「沒錯——那麼，這次的交易就結束了。」

尤恩話一說完就轉身離去。在羅伯還瞪大眼睛監視奇諾的舉動時，尤恩跟肯恩已經跟奇諾分開好一段距離了。

奇諾則默默地目送他們離開。

那兩個男人進入森林的暗處之後就立刻不見蹤影。

「尤恩先生，你打算怎麼做？」
過來迎接兩人，手上還握著左輪手槍的羅伯問道。
三名男子在黑暗的森林裡快步走向藏在遠處的車子。尤恩回答：
「沒有什麼打算，那孩子的工作就到今天為止。」
「那麼，從一開始——就是為了幫我們爭取逃跑的時間才利用那個房間？」
尤恩回答「沒錯」。
「那種小男孩也只能做那種事而已。」
「那早知道跟我講清楚不就得了……」
羅伯如此說道，而提著公事包一直沒說話的肯恩突然開口了：

「不好意思，還沒來得及跟你說。」

肯恩有點過意不去地說道。

羅伯則抓著頭說：

「我了解了啦……呃——那傢伙的酬勞呢？他拿得到嗎？」

「總之先幫他開個戶頭存進去，等事情平靜下來之後再告訴他。到時候把存摺連同唱片一起寄給他吧。」

尤恩如此回答。

「感覺好像是很久以後的事……不，這麼做很好。」

羅伯有點訝異地說道。

「那麼，我們下一次的工作呢？」

他急著詢問接下來的計劃，但尤恩說：

「沒有下一次了。」

「咦？」

「這是最後一次了。過去我們幹了許多骯髒的勾當，甚至還殺了人，我想告別以往的生活。我跟

肯恩將一起金盆洗手，打算利用手上這些錢在當地開一家店，然後跟家人一起過平靜的生活。很抱

歉這些日子都沒有對你坦白，你好不容易才習慣跟我們一起行動的。」

羅伯目瞪口呆地望著肯恩。

「不好意思，我又來不及跟你說。」

肯恩再次抱歉地說道。

「可惡！你們都把我矇在鼓裡！」

「羅伯——你還年輕，手法也很俐落。如果你想繼續做這份工作，就要遵守我們教過你的事情，這樣的話就能減少雙方的傷亡人數，也才能夠長長久久做下去，明白嗎？」

「明白！」

對尤恩說的話用力點頭表示之後，羅伯又說了一句：「可是感覺好寂寞哦～」

這時候肯恩突然露出笑臉說：

「今天晚上分手之後，下次在市區遇到的話記得要打招呼喲。只是那時候的我們是用不同的名字生活就是了。」

「我知道了，請多保重，肯恩先生——尤恩先生也是。感謝你們這些日子以來的照顧，非常謝謝你們！」

「哪有人對壞蛋道謝的？記得以後常到我們店裡來買東西就好了。」

正當尤恩邊笑邊這麼說時——

「那時候要算我便宜一點喲！」

羅伯也邊笑邊回答。

「如果賺了錢，一定要敲你竹槓！」

正當肯恩開心笑著說這句話時——

「二百——」

正當漢密斯數到這個數字時——

肯恩提的公事包爆炸了。

從公事包的內外、兩側都冒出火焰跟爆炸旋風，同時還有許多細小的金屬片飛濺而出。

負責提公事包的肯恩整個人往後面飛去，撞到粗粗的樹幹上方之後又彈落到草地上，但他的雙手雙腳及臉部早就在這之前被炸爛了，而剩餘的軀體則動也不動地掉在地上。
而站在他右邊的羅伯則是整張臉都被碎片傷到。
「哇啊！」
他一面慘叫一面往後倒，接著倒在草地上，鮮血也從他左邊的脖子像噴泉似的冒了出來。
「咿耶！喔啊！耶嘎！喔喔！」
他痛苦掙扎約八秒鐘之後，仰躺著面向天空，然後就突然安靜不動了。
「…………」
至於在斜後方、被炸得跌在地上的尤恩則是露出無法相信的樣子，望著落在自己眼前還鮮血淋漓的左手臂。在他坐著的四周，著火的鈔票四處飛舞，一張張紙鈔捲著枯葉從一端開始燃燒，森林裡也因此變得有些明亮。
「想不到最後幹的這一票……會是這樣……」
這句喃喃自語的話，成了他最後的遺言。

從胸口噴出的鮮血沒有減弱，此時不僅是左手鮮血淋漓，從腹部到雙腳也被血染紅了。
接著鬍子男的身體整個癱軟無力。
他仰躺在由鈔票製造出來的火焰裡，發出像是長長的打鼾聲似的聲音，在吐了又長又大的氣之後就再也沒有動作了。

就在鈔票幾乎快燒光，屍體也被黑暗吞噬的那個時候，機車大燈的燈光照著三具屍體。
大燈依舊亮著，奇諾用側腳架把漢密斯撐住，接著用單手握著「卡農」檢查那三具屍體。
「全都死了。」
「這個炸彈的威力相當猛烈呢，奇諾。」
「因為委託人說什麼都要讓這些人死掉啊。」
奇諾右手握著「卡農」，左手摘下帽子貼在胸前為他們默禱。
接著張開眼睛戴上帽子，然後跨上漢密斯，再把「卡農」放回槍套。
「那麼——到剛剛那個地址要花多少時間呢？」
「嗯——只要穿過森林就到了市區街道，應該是不會花多少時間的。」
「那我們走吧！」

奇諾騎著漢密斯在森林裡往前進。

「還剩一個人。」

漢密斯也附和奇諾這句話：

「嗯——還剩一個人呢。」

正當三具屍體再次被黑暗包圍的時候——

「…………」

艾里亞斯把椅子拉往前，張開雙腿坐在椅子上，默默地看著佔領自己的床位呼呼大睡的莎拉。

房間的窗簾是放下來的，屋內只點了一盞微微發光的小燈。

莎拉一臉很舒服的樣子，躺在艾里亞斯的床上睡覺。她用當時在車上用來包住自己的毛毯裹著全身，就這麼躺著。至於艾里亞斯愛用的毛毯則皺成一團被丟在房間的牆邊。

「怎麼還沒有聯絡呢……」

艾里亞斯喃喃說道。要是按照當初所討論的，羅伯應該會在天亮以前來把她帶走的，艾里亞斯的任務也就到此結束。如此一來將跟莎拉永遠說掰掰，而且應該再也沒有說話的機會了。

艾里亞斯再次看了一眼莎拉的睡臉。

他看著莎拉隨便綁起來的散亂紅髮，以及滿是雀斑的臉蛋。

「…………」

他看了好一陣子之後說：

「搞什麼啊我！我喜歡的是歌姬耶！」

接著連忙把頭別到一邊。

「唉……」

他嘆氣地低下疲憊的臉。

然後就開始打起盹來。

「我不能睡……我得醒著才行……」

但是話一說完，他的頭就整個往下垂，接著就睡著了。

過了一段安靜的時光之後——

一道不太亮的光照進室內。

「唔！」

臉被光線照到的艾里亞斯被驚醒後隨即抬起頭來。那是經過附近道路的車輛大燈所造成的光亮，從窗簾的縫隙照進地板跟牆壁。

「來了！」

艾里亞斯開心地站了起來，稍微拉開窗簾往窗外看。

外頭四處散布著小屋般的住家。他看到車輛的大燈，夾雜著月光與窗戶透出來的燈光，出現在距離約五十公尺外的路面。

但是大燈卻在艾里亞斯的凝視中消失。少了強烈的光源，這才得以看清楚車子的模樣。

「啊——」

艾里亞斯屏住氣息。

那並不是羅伯的車子。

是一輛藍色外殼的車子。

從車上下來的是穿著制服的警官，緊接著後車門也打開了。四名壯碩的男子一下車就拔出繫在腰際皮帶上的警棍。白橡木製的棒子在黑暗中隱約可見。

「這、這是……事跡敗露了……」

艾里亞斯背靠著牆，整個人癱坐在窗邊。癱軟的他害怕地牙齒「喀喀」地顫抖著。

「快、快逃，得逃跑才行……」

他緩緩看著床鋪，警察追尋的目標正靜靜地沉睡中。

艾里亞斯抬起頭來，從窗簾的下方往外看。警官們好像還沒有打算要到這裡來。他們敲附近小屋的門，只見裡面的居民一臉不悅地出來應門。

「他們還不知道是這間……可是……唔！」

艾里亞斯立刻站起身來。

「起來！」

他輕拍莎拉的毛毯，壓低聲音叫她。

拍了幾下之後，莎拉微微張開眼睛看著艾里亞斯說：

「做什麼？」
「起、起來了！我們要逃離這裡！」
「為什麼……？」
「別、別問那麼多！」
連自己也不知理由為何的艾里亞斯，拉著剛睡醒的莎拉的手，然後看著她身上綴滿粉紅色蕾絲的洋裝。
「穿這樣會被發現的……」
於是他立刻鑽到床下，從箱子裡拿出自己的衣服——那是跟他身上一樣的棕色長褲、綠色夾克和襯衫。他丟向莎拉說：
「換上它！」
「為什麼？」
「別問那麼多啦！」

害怕到極點的艾里亞斯放聲大叫，同時又擔心外面的警官是否會聽到。

「知、知道了啦，你把頭轉過去。」

看到他氣呼呼的模樣，莎拉也大聲回答他。

從巡邏警車下來的警官隊員，對穿著睡衣出來應門的居民說：

「那麼有什麼狀況的話，請記得跟我們聯絡喲！」

接著便又走回馬路。其中一名警官詢問伙伴：

「又損龜了，這已經是第六宗了，真的是這條街嗎？」

接著又繼續說：

「據說，這兒藏有被偷的櫃子。」

「或許是假情報吧，但還是挨家挨戶問問看吧。」

另一個人說道，然後用手指著離他們相當近，也是艾里亞斯的房間所在的小屋。此時房間裡的燈已經關了。

「那裡呢？那兒也有房間呢。」

「啊啊，那裡留到最後再盤查也沒關係。」

聽到伙伴這麼說，警官歪著頭表示不解地詢問理由。

「住在那兒的只有一個名叫艾里亞斯的小鬼，那傢伙的個性非常老實正經，所以不可能會偷東西的啦。」

聽到這個答案，警官們往下一間小屋走去。

艾里亞斯目送他們的背影喊著：

「就是現在！快點跑！」

「為什麼啦，真是的……」

艾里亞斯跟換好衣服的莎拉從小屋的旁邊衝出去，接著逃入黑漆漆的夜色中。而艾里亞斯腋下還夾著皺成一團的毛毯跟野餐盒大小的木箱，莎拉則是抓著裝有吃剩的麵包紙袋。

時間正值深夜，滿月高掛天空放出光芒。

「歌姬所在之國」
—Unsung Divas—

「艾里亞斯這小鬼不在耶?我從窗戶往裡面看，房間裡沒看到人，也沒看到什麼櫃子。」

「難不成他也學會夜遊了?我們走吧。」

警官隊員坐上警車，從被月光照亮的巷子離去。

直到尾燈消失不見的同時，有個黑色的人影從小屋後面出來，用小跑步的方式橫越巷子。

這個人就是戴著帽子、用黑布包臉的奇諾。奇諾躡手躡腳地接近艾里亞斯房間所在的小屋。

她一到了小屋旁，就立刻確認玄關旁邊的門牌號碼，接著從玄關進去。她靜悄悄地走在空無一人、又暗又短的走廊，然後站在艾里亞斯的房間前面。

她不發一語地用左手拔出「森之人」，拉開保險之後便輕輕碰了一下槍把上的小開關。只見紅色的小點，也就是瞄準用的雷射瞄準具一瞬間「啪」瞄準著大門。

奇諾把右手伸向門把並輕輕轉動，門並沒有上鎖。當她慢慢地把門推開時，也同時把「森之人」舉在前方。

在月光從窗簾的縫隙照進來的昏暗房間裡，小紅點游走著。

書桌、床鋪，然後床底下，接著是房間角落，以及門後。

這個狹小的房間根本沒有多餘的空間可以讓人躲藏。確定裡面沒人之後，奇諾關掉雷射瞄準具的開關，小紅點也跟著消失。

「啊……來遲了嗎？」

奇諾喃喃說道。

「正如你所見，被對方給溜掉了。照這情形來看，應該不久前還在這兒。」

「哎呀呀？被對方察覺到了嗎？這樣不行哦，奇諾。」

「反正還有兩天。」

被推進房間正中央的漢密斯用腳架撐著，脫下帽子拍打布面的奇諾則坐在床上。

「今天好累哦。」

說完便整個人往後倒去。她看到旁邊的毛毯下方，放著一件摺疊整齊的粉紅色洋裝。在月光的照耀下，綴在上面的蕾絲被染成青白色的。

「那現在怎麼辦？奇諾？接下來要四處找找看嗎？」

「不了。要是騎著你到處跑，鐵定會讓對方聽到聲音而打草驚蛇，要是逃進下水道的話就更難找

了。況且你也不想在那種地方跑吧？」

「這是當然的。」

「所以囉，我想先睡一下，今天就到此為止。」

奇諾如此說道，然後就躺在剛剛莎拉睡覺的床上。

「奇諾？」

「反正綁匪也有可能會回來，我先在這裡打個盹，等天亮了再繼續搜索。」

「這樣……倒是無所謂啦，只是難得訂的飯店——」

「別再提了！」

「好好好。那麼，如果有人來的話我再叫醒妳喲。晚安，奇諾。」

「好的，晚安——難得訂的飯店……」

「請節哀順變吧。」

艾里亞斯跟莎拉在石砌的短橋下。

附近被月光照得很亮，腳下有潺潺小河，也可以清楚看見左右兩旁寬闊的農田。這裡聽得到蟲鳴以及蛙叫。一到夜晚氣溫便下降不少。

這兒看不到其他人，原本遠方的某戶人家還亮著微微的燈光，現在也熄滅了。

兩個人從小屋逃出來之後便不斷往前跑，但是沒多久莎拉就喘到跑不動，於是他們就走走停停的。到了離市區相當遠的橋下之後，莎拉終於跪在地上走不動了。

喝過用手掌掬起的冰冷河水，莎拉的情緒總算穩定了些。她直盯著頭靠著橋樑，坐在自己右邊的艾里亞斯。那個眼神看起來幾乎是用瞪的一樣。

「為什麼？這是怎麼回事？不是要在晚上或早上放我走嗎？」

「我哪知道啊——既沒有接到聯絡，又有警察過來……」

他們沒頭沒腦的跑到這裡，艾里亞斯對接下來該如何是好完全沒主意，他還能夠像現在這樣有氣無力的講這些話，已經算很盡力了。

「早知道會變成這樣，那時候我應該向警官求救的！」

「妳、妳要是那麼做的話——」

「我要是那麼做的話會怎樣？」
「我、我絕不會輕易饒過妳的！妳可是人質耶！」
「什麼嘛！跩什麼跩啊！如果只有你在，我想做什麼都可以！」
「那妳怎麼不逃！」
這兩個人已經開始鬥起嘴了。莎拉毫不猶豫地反駁艾里亞斯：
「當然是因為我怕那個大鬍子啊！不然你根本就沒什麼好怕的！」
「……………」
「而且！我要是在這種地方被壞人襲擊的話該怎麼辦？你會保護我吧？」
既然這樣妳就不該對我大吼大叫啊，不過艾里亞斯沒有把這句話說出口。他懦弱地低著頭，還把頭埋在兩膝之間。
「……………」
看到艾里亞斯像縮頭烏龜似地一味逃避，莎拉也不想再說些什麼了。
結果，低著頭的艾里亞斯就這麼睡著了。就連莎拉再次跟他說話也沒有回話。
莎拉看著他好一陣子，然後把理應攤在自己旁邊的毛毯攤開，再把一半的毯子蓋在艾里亞斯的身上。

接著她坐在繼續沉睡的艾里亞斯旁邊，把剩下的毛毯裹在身上，閉上眼睛睡覺。

到了早上。

秋天涼爽的黎明到來。

世界沉浸在淡藍而模糊不清的黑暗裡。鳥兒還沒醒來，加上沒有風，所以是個無聲的世界。

「嗯……？」

艾里亞斯睜開眼睛，抬頭往上看。發現自己就在昨夜闔眼休息的地方，用當初闔眼休息的姿勢坐著，就連身上的毛毯也仍然包得好好的。

「唔！」

他嚇得往左邊看，一個人也沒有。轉頭往右邊看，也沒有半個人影。

「完了……」

正當艾里亞斯感到絕望不已，哭喪著臉站起來的時候——

「哎呀！你醒啦？」

有聲音從頭頂傳來。他慢慢抬頭看，只看到倒垂著的辮子，以及一張長滿雀斑倒掛的臉。

艾里亞斯還呆呆地望著她，倒著看他的莎拉神情開朗地開口問他：

「今天要幹嘛？你應該會想辦法解決我的事情吧？」

「咦？那個……」

艾里亞斯的腦子還一片混亂，不過他突然想到一個主意，於是「對了！」地大聲回答。

「等一下我們去找他們跟他們會合！大伙的計劃，不會那麼簡單就被識破的！到時他們就會教我該怎麼做了！只要我們沒有被警察抓走，他們就會稱讚我，然後也可以放妳離開了！」

艾里亞斯開心地說道。這時候莎拉把頭縮了回去，接著從橋的旁邊走下來，站在艾里亞斯的前面說：

「接下來呢？」

「總之先往前走，去找他們三個人！」

「上哪兒找？怎麼找？這個國家很大喲？光是交通就必須花錢——」

「放心！」

艾里亞斯如此說道，然後拿起自己腳下的小木箱，就是那只從房間帶出來的箱子。

「…………」

他一度揚起嘴角盯著它看，然後用力地用靴子踩下去。在發出輕微的破碎聲之後，木箱馬上就壞了。

艾里亞斯蹲在歪著頭表示不解的莎拉前面，從木箱的殘骸中撿拾什麼東西。結果是不到二十枚的硬幣，而且大部分都是面額很低的銅板。

「這些是我存的錢。因為我有想買的東西，所以拚命存下來的。妳看，存了不少吧？」

艾里亞斯站起來，驕傲地把手中的全部財產拿給她看。這些金額大概足夠供兩人這幾天的餐費跟交通費。但是就儲蓄金額來說，算是相當少呢。

「我們用這些錢吃早餐，再去搭馬車吧！」

「……這麼做好嗎？」

艾里亞斯沒有回答莎拉的問題，只說著「走吧」就頭也不回地往前走。他把硬幣放進夾克的內袋裡。

莎拉望著粉碎的木箱不發一語。

「…………」

然後就跟在艾里亞斯的身後從橋下走了出去。

天才剛亮而已。過沒多久，整個世界就慢慢變亮了。

「猜錯了啊……」

看著窗外逐漸變亮的世界，奇諾喃喃說道，她皺著眉頭坐在又舊又髒的床上。

「結果綁匪沒回來呢～」

漢密斯說道。奇諾立刻站起來，一面把左手的「卡農」收進槍套裡一面說：

「進行下一個步驟。」

時間從黎明到日出不斷地流逝。

正當世界越來越亮，天空也越來越藍的時候——

「果然是羅伯先生的車子。」

艾里亞斯跟莎拉，一起來到停放在從寬敞的馬路彎進來不遠處、一條森林小徑的黑色轎車旁。

會發現這輛車，真的是很湊巧。他們認為那三個人應該是朝這個方向走，於是就花了點零錢搭乘馬車，結果在彎路的前方發現這輛車子，之後就立刻下車。

現在馬車已經走遠，附近也沒有任何人，只看到堆積落葉的碎石子路跟森林。太陽也差不多要升起了。

艾里亞斯想打開車門，不過車門是鎖著的，所以他只好放棄。他往車內看去，確定裡面沒有半個人在。

「贖金的交付地點是在森林裡，我們去找他們吧！」

他如此說道，然後又補了一句：「或許他們遭遇到什麼困難呢！」

莎拉則是不發一語，無可奈何地點頭表示贊同。然後說：

「可是他們人在哪裡，我們要從何找起呢？前後左右都是森林耶！」

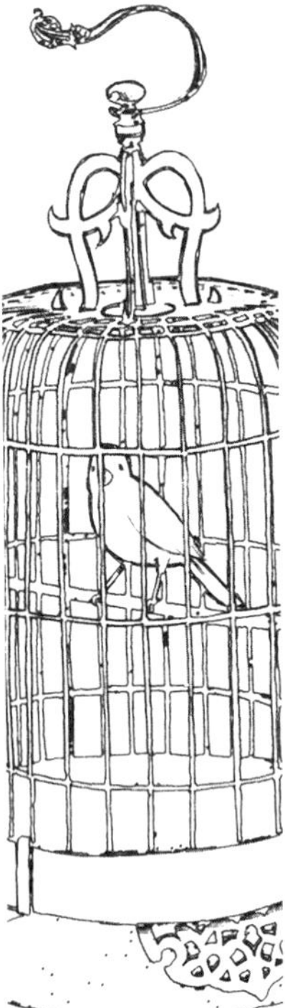

艾里亞斯沒說話。他往右看，再往左看，然後指著右邊說：

「這、這邊！應該沒錯啦！」

聽到他這麼隨便的回答，莎拉不禁嘆了口氣，可是又無法反駁。

「去找他們吧！」

她只能無可奈何地跟著往森林亂闖一通的艾里亞斯後面走。

但是過沒多久他們發現到的——

是三人慘不忍睹的屍體。

有如撕開布塊般，既尖銳又漫長的慘叫聲隨即響起。

艾里亞斯跟莎拉幾乎是在同時發現眼前有野鳥聚集在一塊，於是毫不在意地往前走。在那群鳥離去之後，他們看到了什麼紅紅的東西，在發現是人類的同時，也從大鬍子的特徵認出那是臉部跟頭部被啄去一半的尤恩，於是莎拉立刻嚇得放聲大叫。

「…………」

艾里亞斯瞪大眼睛，臼齒喀喀作響地看著眼前的景象。

眼前有尤恩被野鳥吃得殘缺不全的屍體；右邊有個手腳跟臉部都不見、還穿著西裝的人體；然後左邊躺著的是以仰躺的姿勢望著天空，但臉部焦黑的羅伯。

四周有許多燒焦的痕跡，以及混在落葉中被朝露浸濕，鈔票燃燒後剩餘的殘骸。

「為、什麼——怎麼會這樣？」

就在艾里亞斯唸唸有詞的同時，在他身後的莎拉也癱坐在地上。她用正坐的姿勢坐著，臀部也落在兩腿之間。

她發出慘叫之後所說的第一句話是：

「我就知道……我就知道……」

聽到莎拉這麼說，艾里亞斯慢慢回頭看她。雖然他手腳不斷顫抖，臼齒也喀喀作響，不過艾里亞斯還是詢問莎拉：

「妳說『我就知道』——這句話是什麼意思啊？」

莎拉兩手緊抓著瀏海，根本就對艾里亞斯視而不見，不過她的喊叫倒成了回答。

「我果然會被殺！他們希望我死掉！」

「這話是什麼意思啊？」

「因為『她』死掉了！所以也希望我一起死！他們不需要我了！我已經不被需要了！我已經不被他們需要了！」

「莎拉？」

「我已經不被需要了！他們不需要我！不需要我了！」

她不斷地大叫。看到她用力揪著瀏海的模樣，艾里亞斯發現莎拉並沒有回答他的問題。

「…………」

臼齒停止顫抖的艾里亞斯再次看看尤恩。鬍子男鼻子以上的部分，已經支離破碎到看不出原來的形狀。

被淚水模糊視線的艾里亞斯低頭不語。

「…………」

不過他看到尤恩的西裝左下方有個黑色的物體。

「他們已經不需要我了……」

艾里亞斯留下有如胡言亂語的莎拉，走近尤恩的身邊看個仔細。走了大概七步左右，然後就站在尤恩前面。

「我……我一定要保護……」

艾里亞斯對屍體喃喃說道。

他蹲下來把手慢慢伸進飄散著血腥味的屍體懷裡。他一把抓著那個黑色物體並抽了出來。

艾里亞斯一面吐氣，一面盯著「那個」看。

那是一把附有滅音器、槍身細長的自動式說服者。當他用右手握那把說服者，感覺得出槍把很細，手指也搆得到扳機，然後他用左手拉開保險。

艾里亞斯舉起右手，在空無一人的森林裡瞄準眼前的一棵樹幹。他扣下扳機，子彈「噗咻」地發出小到令人訝異的聲音飛射出去，並打中自己瞄準的地方。至於手掌中則感受到微弱的反作用力，還有一顆金色彈殼從右邊彈了出來。

「…………」

雖然艾里亞斯在開槍的那一瞬間嚇得發抖，但是他慢慢地重新握穩手裡的武器。

艾里亞斯試了好幾次才好不容易將保險關上，接著用左手往尤恩的右邊探去，那裡有裝滿子彈而沉甸甸的兩個預備彈匣。

這時候右手握著說服者，左手拿著兩個彈匣的艾里亞斯站了起來。

森林上方的太陽幾乎在同時間露出它的臉龐，在森林裡照出橫向的陰影。

他對癱坐在地上的莎拉大喊：

「快逃吧！」

這時候，有人透過瞄準鏡的十字線，看著艾里亞斯的一舉一動。

隔著小河，距離數百公尺遠的森林裡，有個人以十字線為中心，窺視著艾里亞斯被放大數倍的模樣。

「果然沒錯，『兇手會回到犯罪現場』呢。」

「那是誰說的啊？」

「是我不知道什麼時候在哪裡看過的書，叫做《什麼來著的殺人事件》。」

「我覺得很奇怪耶～更何況這時候的兇手不是奇諾妳嗎？而且——」

它看著奇諾說道：

「拿摩托車當射擊台也太過分了吧，要就拿腳架嘛！」

穿著黑色夾克的奇諾，以用主腳架撐起來的漢密斯當做墊子，把「長笛」架在它上面，然後用單腳跪地的姿勢戒備。

她用右眼窺視狙擊用的瞄準鏡，左眼也睜得大大的。因為帽沿會擋到視線，所以稍微把它折疊之後往上推高。

「這時候趴在地上，肚子會被露水弄濕的，我才不要呢。」

聽到奇諾這麼說——

「這種話要是被職業狙擊手聽到，一定會哭死的。」

漢密斯訝異地說道。

奇諾跟漢密斯目前是在距離數百公尺遠，中間還隔著沼澤的森林裡。是個能夠從許多樹幹的縫隙間看到那三個人被炸死的神奇地點，也是唯一的最佳狙擊地點。枯葉像是絨毯似的堆積在地面。

幾根折斷的樹枝立在漢密斯旁邊做偽裝，所以從遠方不太容易看得到他們。除此之外，「長笛」的槍管也混在落葉之中，奇諾的帽子上也堆了不少落葉。

「好了……現在只有等待了。」

少年在瞄準鏡的圓形視野裡移動。當陽光隨著日出逐漸增強，也讓他的模樣更清晰可見。他在屍體上下摸索，然後取出錢包。

「跟她在一起的，應該就是那個人說的少年吧，這麼說他遭到威脅的說法並不是真的囉？」

「我猜他可能被騙了，這次只是被那些人利用而已——」

奇諾繼續移動著十字線好鎖定少年的行蹤。她的食指慢慢接近扳機，不過還沒碰到。

在少年後面的，是個子跟他差不多，但是由她的麻花辮可以看出性別的少女，從剛才就一直癱坐在地上。

漢密斯小聲地說：

「小心不要搞混打錯人哦，他們的個子都很像呢。」

「放心，這種時候拿著說服者的就是綁匪，沒拿的就是人質。」

「那倒是很容易分辨。」

「那應該是二二LR彈的說服者，等事成之後再把子彈拿來看看好了——只不過它比較重也不好射擊，而且如果打到骨頭而偏向奇怪的方向那就慘了。」

奇諾說完之後繼續狙擊。少年停止摸索屍體身上的東西，然後站了起來。

「要是第一發沒打中，反而讓他趴下防備的話就不太妙了。最好是能夠是一槍斃命……」

少年站在少女旁邊說了些什麼。從奇諾這邊看，兩人的身影分開了一些，也變得更方便狙擊。

奇諾的手指觸碰扳機。

她深深吸了一口氣，輕輕吐出後就靜止下來。

在圓形視野裡的十字線稍微動了一下，接著立刻就瞄準目標的胸部——

這時候眼前卻突然一片漆黑。

「？」

奇諾連忙張開左眼，發現眼前出現了令人訝異的景象。

因為一隻小鳥正停留在「長笛」的槍管前端。

「喂，走開啦！」

奇諾小聲說道，並且輕輕搖動「長笛」。晃動幾次之後，小鳥總算在三秒後飛走——

「來不及了……」

再次瞄準的奇諾所看到的，是消失在森林另一頭，幾乎重疊在一塊的兩條人影。

她一面嘆氣一面舉起「長笛」，落葉也跟著從她的頭及槍管落下。

「又讓他們逃了嗎，奇諾？」

奇諾站起來拍拍屁股說：

「要是讓漢密斯在沼澤上跑的話，應該是追得上。」

「那可辦不到。」

奇諾聞言再次輕輕嘆了口氣。

「對方應該不會逃回他們的巢穴，有可能逃往其他貧民區……要是讓他們跑到人多的地方，找起來會很辛苦的。」

「這下子搞不好明天傍晚以前都無法完成任務呢。」

「所以我說什麼都要避免這種情況發生。」

說著，奇諾一面將「長笛」的保險關上一面起身。

「傷腦筋，嘿～咻！」

奇諾站起來看著漢密斯說：

「你剛剛說什麼？」

奇諾詢問漢密斯剛剛說得很開心的話是什麼意思。

「在替妳發言啊，我想這麼說應該能適當表現出妳疲累的感覺。」

漢密斯答道。

接近正午時刻，艾里亞斯跟莎拉在日正當中的陽光溫柔照射下，往貧民區裡跑著。

在夾克下方的長褲皮帶插著說服者的艾里亞斯，拉著莎拉的手說：

「只要在這裡混入人群中就不會被發現，我們隨便找一條巷子進去吧。」

莎拉從森林到搭馬車來這裡的一路上，甚至連現在都低著頭，然後像胡言亂語似的不斷唸唸有詞地說：

「不需要我了……不需要我了……不需要我了……」

街道兩側都有店家，人潮也很多。艾里亞斯用從肯恩屍體上拿來的鈔票，到眼前的店家買了炸麵包跟瓶裝水。因為面額很大，所以找回來的零錢把他的口袋撐得鼓鼓的。

艾里亞斯抱著一袋麵包跟瓶裝水進入後巷，發現地上有幾棟房子剛拆掉的痕跡，那裡形成一個房舍形狀的凹陷空間。

艾里亞斯牽著莎拉跨過石造地基，然後走了進去。他在地基上面坐妥之後，再讓莎拉坐在自己的右邊。

喝了水之後，艾里亞斯拿麵包給莎拉吃。但是莎拉完全不理會，他只好把麵包放回紙袋裡。

經過幾秒的沉默，莎拉再次唸唸有詞地說：

「他們不需要我了……所以希望我死……」

「為什麼！妳不是過著很富裕的生活嗎？為什麼莎拉的父母——不，跟妳同住的大人要對妳見死不救呢？只要支付贖金，我們就會平安釋放妳啊！為什麼要那麼做呢！」

艾里亞斯好不容易把想問的事情一口氣問完，莎拉用力轉頭面向他，然後大叫：

「因為我已經不被需要了！已經沒有用了！」

雖然好不容易等到她回答，卻搞不清楚她在說什麼，艾里亞斯不禁皺著眉頭說：

「什麼？那是，什麼意……？」

「喂！」

艾里亞斯的話被某人的聲音打斷，他嚇了一跳，往聲音的方向看去。

只見那兒站了五個年約十五歲以上，看似素行不良的當地少年。

「…………」

見艾里亞斯沒有回答，不良少年五人組便走進地基處。站在正中央、較為成熟的少年似乎是他們的老大，身材高大的他刁著一根沒有點燃的香菸，不懷好意地冷冷說道：

「你不是本地人吧。」

一面走近他們。

艾里亞斯站了起來。他看了一眼依舊低頭坐著的莎拉，表情不悅地說：

「有、有什麼事？」

「竟敢回答『有什麼事』？你以為自己在跟誰說話啊？」

站在老大旁邊的少年跟班，突然粗聲粗氣地大喊：

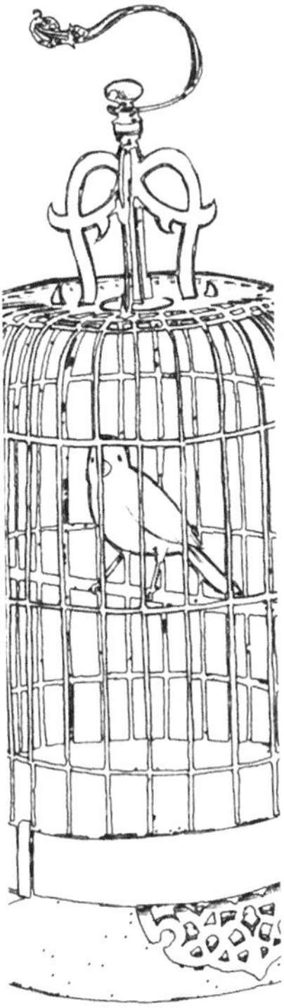

「很神氣嘛你！先低頭給我們賠不是吧！」

也有人說：

「這裡可是我們的地盤喔！誰允許你們來這裡？」

其他人則是不斷用意義不明的威脅性言詞大喊大叫著。他們的目的很明顯是要恐嚇艾里亞斯，不過——

「…………」

艾里亞斯什麼話也沒說，只是站在原地看著那五個人。

「幹嘛？你想見血嗎？」

這句話讓艾里亞斯的眼睛慢慢瞪大。這時候浮現在他眼前的不是那群少年，而是血肉模糊的尤恩身影，但又旋即消失。

看到艾里亞斯並沒有因此而退縮，四名少年毫不客氣地走近他。

「你怎麼不說話啊，喂！」

他們嘴上這麼說著，還沒等艾里亞斯回答，就用力把身材居於劣勢的艾里亞斯撞飛。

「哇！呀！」

艾里亞斯整個人摔在滿是石頭的地面，露出痛苦的表情。

其他少年走近低著頭沒有發現他們的莎拉，粗魯地揪住她的胸口並把她的頭往上抬。看到幾乎沒有反應的莎拉則格外興奮地說：

「果真是女的呢！喂！是女的，她是女的耶！」

他們硬是讓呆滯的莎拉站著，摟著她的肩膀說：

「這傢伙借用一下哦！小鬼！」

少年對倒在地上的艾里亞斯這麼說，然後笑嘻嘻地對老大說：

「她長得還滿可愛的！讓她當我們的馬子吧！」

「什麼叫我們的？先是老大，再來是我吧？」

這時候艾里亞斯從後面對一面胡說八道，一面準備把莎拉帶走的五人說：

「住手。」

「什麼？」

其中一名少年以低沉的聲音恐嚇他，接著五個人一起回頭。在他們眼前的，是已經站起來用空

虛的眼神看著眼前六個人的艾里亞斯。

「你剛剛有說話嗎？」

艾里亞斯慢慢點著頭說：

「有，我請你們不要把她帶走。」

老大輕輕搖頭指示手下。其中一名少年一面說：

「別開玩笑了你！不吃點苦頭你是不會明白的！」

一面折著指頭關節走近艾里亞斯。

當少年走到距離艾里亞斯三步的地方，艾里亞斯從夾克下方掏出尤恩的遺物，還打開了保險。

他慢慢舉起它，對準眼前的少年說：

「我必須保護那個女孩……我答應過現在已經不在人世的人……我答應過他……跟他說好了，那個人因為相信我才把她交給我的。」

艾里亞斯用含淚的雙眼看著少年，還有他後面一直低著頭的莎拉。

「什、什麼啊，喂！那是說服者嗎？」

少年停下腳步。

「你在怕什麼啊！那一定是玩具啦！」

「把它搶過來啊！」

在他身後的少年毫無責任地叫囂著。至於那個老大則揮著右手下令說：

「喂，快點收拾他！把那把玩具槍也搶過來！」

就在那一瞬間，他的手臂被開了一個洞。

現場幾乎沒聽到槍聲，反倒是走近艾里亞斯的少年踩石子的腳步聲還比較吵。

「咦？」

老大的臉跟視線往右下方移動，接著隔著襯衫用左手摸自己的右手臂。

「咦？」

血慢慢滲了出來，襯衫開始被染紅，血跡也逐漸擴散。

「咦？啊……哇啊！」

痛楚一下子擴散全身，他終於發現自己被槍打中了。他一面按著流血的右手，一面跪在地上。

「我、我中槍了……可惡！我中槍了！」

前半段話是呻吟，後半段是大喊。

少年們全都臉色大變，尤其是接近艾里亞斯的少年，他馬上回頭看圍在首領身邊的伙伴，並立刻轉身往後跑——也就是逃離艾里亞斯。

反倒是艾里亞斯繼續雙手握槍瞄準前方，一步步走近那群少年。只見那五個人僵在原地，互相看著對方的臉，把走近他們的艾里亞斯當成什麼怪物看待。

依舊拿槍對準前方的艾里亞斯，走到距離他們三公尺的地方，然後說：

「請你們離開吧，求求你們。」

幾名少年拚命點頭，然後分別抬著痛到皺著眉頭的老大的雙手及雙腳。

「好痛！痛死我了！你們不要抬了！放我下來！」

不管老大怎麼喊叫，他們只顧著抬起他逃離這裡。

直到那五個人不見蹤影，艾里亞斯才關上說服者的保險。

他默默地把說服者收進懷裡，再緊緊抓住像個幽魂站著不動的莎拉的手說：

「我們逃離這裡吧——有什麼話等事後再說。」

然後就往那五人組逃走的反方向離開。

時間過了中午時刻。

恰到好處的溫暖陽光，閃耀著光芒，然而西方天空的雲層卻慢慢增厚中。由於風由西往東吹的關係，可以想見這個秋天午後的天氣即將變壞。

「大約十二歲的少年跟綁辮子的少女?還全身髒兮兮的?這種孩子在這條街上可是多得掃都掃不完呢。」

聽到邊騎摩托車邊找人的旅行者問的問題，大嬸不悅地如此回答。那名頭上頂著堆積如山的髒衣物的大嬸說完後，便從奇諾他們的面前離去。

這裡是貧民區的中央大街。披著大衣騎著摩托車的奇諾在人群中顯得相當醒目。

「如果是往這個方向逃的話，也只有這個貧民區而已——不過找起來會很費事的……就算問人也起不了什麼作用呢。」

奇諾說道。在她下方的，是現在引擎熄火的漢密斯，他也表示贊同。

而漢密斯後面的載貨架，則綁著被分解成前後兩部分，還用布綑起來的「長笛」。

漢密斯問她：「接下來要怎麼辦？」奇諾回答：

「我肚子開始餓了——我看還是放棄這份工作好了。」

「放棄得真快！」

「可是你也知道的，不是嗎？」

「嗎什麼嗎啊，真受不了妳耶！妳要知道，就算亂槍打鳥也會打中的！再去問別人吧！搜查的根本就是要全面而徹底。」

奇諾一面唸唸有詞地說「傷腦筋，不過這時候你說的也沒錯」等等之類的話，然後一面準備發動漢密斯的引擎，就在這個時候——

「嗯？」

奇諾像是驚醒似的望著眼前的景象。

那是一名癱坐在路邊，手臂還緩緩流著血的少年，還有其他因為擔心而圍繞在他旁邊——這麼說是比較好聽的說法，其實是不曉得該如何是好而手足無措的四名少年。

「…………」

奇諾從漢密斯身上下來，一面推著車子一面走近那五個人。

中槍的少年翻開被血弄濕的襯衫，恨恨地看著自己的傷口。原以為小傷口只要用手按住就能夠止血，想不到手一放開血又繼續流出來。這樣的情況不斷重覆著，他的臉冒著冷汗，臉色也變得很蒼白。

奇諾推著漢密斯，走到不斷討論「這樣會不會死掉啊？」或是「還是去醫院吧！」或是「應該要報警吧！」的五個人面前。她「卡嚓」一聲將側腳架踢開撐住漢密斯。

「那個……不好意思。」

因為奇諾開口說話，那些人好不容易才發現有個旅行者一直盯著他們看。

「做、做什麼？妳想幹嘛？」

其中一名少年說道，按著手臂的少年也抬頭看她。

「那個，是被說服者打中的吧，看起來是點二二口徑低速彈頭造成的傷口，而且你應該是中槍沒多久吧。」

奇諾淡淡地說道，完全沒有一絲一毫關心傷者的感覺。

「是又怎麼樣！」

那名老大為了保持威嚴，揮著冷汗竭盡全力地回答。

「請你們務必要告訴我——到底是被誰打中的？」

「關、關妳什麼事啊！」

「該不會是一名帶著綁辮子的女孩，年約十二歲的少年？」

奇諾的話讓當場的氣氛整個僵住，所有少年都沉默不語。

「看樣子是猜中了呢——奇諾妳的運氣還是一樣那麼好。」

漢密斯開心地說道。

奇諾對目瞪口呆的五個人，尤其是中槍的那個人詢問，是什麼時候，在什麼地方中槍的，還發生了什麼事。

沉默了一陣子的老大拚命大吼：

「問這麼多幹嘛！關妳屁事啊！馬上從我面前消失！我沒空理妳！滾！」

「啊，千萬不要對肚子餓的奇諾講這種話喲，你做錯反應了。」

聽完漢密斯講的話，盛氣凌人的少年不一會兒就像洩了氣的皮球。

「做、做什麼……」

當奇諾拔出「森之人」舉在他面前，別說是像洩氣的皮球了，根本就是嚇都嚇死了。

「對不起，其實我很討厭用這種方式使用說服者，但是我希望事情能夠速戰速決——如果你不告訴我的話，我可是會開槍的喲！」

奇諾用有如在問路般的平靜口吻詢問。少年拚命搖頭說：

「不、不要！夠、夠了……」

「啊～是嗎？那就快點把你知道的事情全盤托出吧，寶貝！我的性子可是很急的！尤其是在肚子餓的時候！」

漢密斯說道。

「…………」

奇諾斜眼看著那群顫抖不已的少年，然後用右手敲了一下漢密斯的油箱。

「好痛！」

離開貧民區之後，艾里亞斯跟莎拉走在放眼望去滿是農田的馬路。

艾里亞斯牽著依舊低垂著頭的莎拉。筆直的道路幾乎無法通行，只遠遠地看到零零星星已經在結束收成的農地工作的人們。

「有了！請他們載我們一程吧！載我們到其他地方，安全的場所——」

於是艾里亞斯對好不容易往這邊開過來的小卡車拚命揮手。

坐在右邊的駕駛座，還把旁邊的車窗都打開，並將一隻手肘靠在窗上駕駛的，是一名看起來頗為和善的中年農婦。

那位大嬸把卡車停靠在距離兩人不遠的路肩，從車窗探出頭說：

「有什麼事？」

「有事想請妳幫忙，請立刻——立刻載我們離開這裡。我會給妳一些酬勞的，雖然不是很多，能拜託妳載我們一程嗎？」

看著艾里亞斯那拚命央求的臉，以及他捏著硬幣的手指，大嬸有些煩惱，然後說：「如果載你們到鄰鎮的話是沒問題。」

「那裡就可以了！這幫了我們很大的忙！非常謝謝妳！」

艾里亞斯邊道謝邊行了好幾次禮，然後就打開副駕駛座的門。他先讓莎拉坐上車，自己再跟著坐上去。

門一關上，卡車就慢慢往前走。

艾里亞斯一面把硬幣拿給大嬸，一面向她道謝。

「那麼，我就收下囉。」

大嬸便收下那些硬幣。

「我不曉得你們是不是離家出走——不過我不會打破砂鍋問到底的，畢竟我也年輕過。」

她說了這些話之後就對艾里亞斯眨了一下眼，艾里亞斯再次向她道謝。

就在卡車往前開沒多久，大嬸慢慢放鬆原本踩著的油門。幾乎在車速降低的同時，傳來其他交通工具靠近的引擎聲。

引擎聲從右後方到旁邊，然後到了右前方。換句話說，它超過了卡車。

隔著不太乾淨的擋風玻璃，一輛摩托車進入了艾里亞斯的視野。那是名穿著黑色夾克、戴著有帽沿及耳罩帽子的摩托車騎士，騎著油箱閃著暗淡銀色光芒的摩托車。摩托車後面的載貨架上則綁著用棕色大衣綑起來的物體。

摩托車騎士邊騎摩托車邊回過頭，她隔著防風眼鏡跟艾里亞斯眼神交接。

「搞什麼，要超車就快點超啊。」
大嬸氣呼呼地說，不過摩托車卻繼續用同樣的速度在卡車前行駛著。
「難不成是……」
在皺著眉頭的艾里亞斯唸唸有詞的同時，摩托車騎士的左手離開了摩托車把手，接著拔出背後的說服者。

這是不久前發生的事情。
「那會不會是他們？」
「看起來好像是。」
漢密斯跟奇諾一面行駛在夾在農田中間的道路一面對話。
道路的前方停了一輛小卡車，他們還看到少年跟少女坐上車。而且就在剛剛，他們看到了女孩

那引人注目的辮子。

「一名少年，一名綁辮子的女孩，跟得到的情報一樣。」

奇諾話一說完就踩著漢密斯的油門加速前進。她往後看了一下，確認後方沒有來車就開始追往前行駛的卡車，而且準備要超車。

「好歹還是得先確認一下，搞錯的話就慘了。」

奇諾如此說道，等超車之後就放開油門。她一面跟卡車等速並行，一面慢慢回頭。隔著並不怎麼乾淨的擋風玻璃，她看到少年跟綁辮子的少女。

而且正好跟少年四目交接二秒鐘。

「不要怪我喲。」

奇諾把頭轉回去，確認前方沒有車子之後，左手就放開摩托車把手並拔出背後的「森之人」。因為早就拉開保險了，所以她讓漢密斯開到卡車的右斜前方，然後開了一槍。

子彈將駕駛座那邊的後照鏡開了個洞，還冒出些微火花。

「哇！」

奇諾對嚇得臉部神經繃緊的大嬸放聲大喊：

「停車！」

「咿！」

大嬸的腳頓時離開了油門。

「不要停車！」

艾里亞斯大叫並用右手掏出說服者指著大嬸，然後用左手壓著坐在中間的莎拉的頭，讓她像鞠躬似的低下頭。

大嬸看到自己身旁的說服者，直望著那個小黑洞，隨即嚇得表情扭曲。

「不要停車！繼續開！否則我會開槍的！繼續踩油門！踩啊！」

艾里亞斯眼神兇惡地瞪著大嬸並大叫。

「哇啊！」

大嬸因為對近在眼前的說服者心生恐懼，而不自覺地亂踩原本放鬆的油門。

卡車因為引擎運轉不順而搖晃抖動，之後又粗暴地加速而去。

「咦？」

被卡車甩開的漢密斯發出聲音。

「對方也豁出去了呢。」

奇諾一面把「森之人」收進槍套一面說。卡車胡亂加速的程度，讓人懷疑車子是不是故障了。

奇諾的左手再回到摩托車把手上，漢密斯從下面問她：

「怎麼辦，奇諾？」

「我本來想打破輪胎，不過又不想讓無辜者受到牽連。」

「所以呢？」

「既然知道他們在車上，我們就在後面追，等對方累了停車再說吧。」

「了解！」

「老實說，我很想直接交給警方耶。」

奇諾發完最後一次牢騷後，為了防止對方拿說服者從車窗攻擊，便拉開雙方的距離尾隨在後。

「什、什麼啊？我最討厭這種事情了……我受夠了啦……」
駕駛座的大嬸哭喪著臉說道。
「別吵！別吵！別吵！不想死就繼續開車！」
艾里亞斯還是用說服者指著大嬸並毫不留情地大吼。至於夾在兩個人中間的，是彷彿死了一般低頭不語的莎拉。
但是卡車在加速到某個程度之後，引擎只是發出雜音就沒有再增加速度了。
艾里亞斯往左邊的後照鏡看去，發現摩托車依舊保持一定的距離緊追不放。
「可惡！」
艾里亞斯轉身把原本指著大嬸的說服者伸出車窗。正當他準備瞄準摩托車的時候，摩托車卻「咻」地從他的視線消失。
「不行！不行不行！」

艾里亞斯搖了好幾次頭。

「現、現在要怎麼辦！」

大嬸放聲大喊。

「繼續開！」

艾里亞斯反射性地回答，不過還是唸唸有詞地說：

「這樣下去不行……」

他看著後照鏡，追兵又出現了。

艾里亞斯把身子又轉到前方。一條從左斜流到右邊的淺川出現在他眼前，至於道路的前方不遠處則是一座長約十公尺的橋樑。艾里亞斯大叫：

「在過橋之前左轉！」

「咦？」

「別問那麼多！」

於是大嬸用力踩剎車，卡車的速度也急遽降低。艾里亞斯拚命穩住莎拉往前傾的身體。

卡車在橋的前面緊急剎車，然後以極小的角度往左轉，並開始在寬度只夠一輛車行駛的堤防上奔馳。

就在艾里亞斯從車窗探頭往後看的同時，摩托車剛好也改變方向，看來對方還是緊追不捨。

「既然是摩托車，應該是無法渡河……」

卡車繼續在顛簸不已的堤防奔馳。距離右下方一公尺左右的地方，是布滿許多大小中等的石塊的河灘。

「繼續走！」

卡車疾駛了數十秒。直到回頭已看不見馬路、附近都是田地的地方，艾里亞斯才語氣有些和緩地說：

「開到河裡！」

「咦？你說什麼？」

大嬸反問他。

「馬上開到河裡，然後直接渡河！卡車應該辦得到吧！之前我曾看過載貨卡車渡河喔！只要能甩掉那輛摩托車，妳就可以擺脫我們了！我們會立刻下車的！」

「真是的！」

大嬸粗魯地把方向盤往右切。一面順著斜坡，一面用車子幾乎快翻倒的角度衝下堤防，然後搖搖晃晃地輾過圓形石頭，一邊摧殘車體一邊繼續往前衝。

卡車立刻衝進河裡，還濺起了很大的水花，就這麼直接渡河。

輪胎在濕透的石頭上空轉，原本高速運轉的引擎聲急速下降，不久又再度順利操控，「喀咚」地加速。

卡車一面嘩啦啦地揚起水花，猛烈地前後左右搖晃，一面以略斜的角度橫渡河川。輪胎幾乎浸在河裡，水花還不時從開著的車窗噴進駕駛座。

「繼續踩！繼續踩！」

艾里亞斯大喊。大嬸像豁出去似的猛踩油門，卡車最後終於成功渡河。到了河灘之後又再度加速，然後一口氣衝上堤防斜坡。不過因為速度過猛的關係，差一點就衝出堤防摔到田裡，那聲勢還真是千鈞一髮呢。

「成功了！大嬸！接著只要繼續逃就好了！開到田裡！」

卡車稍微往前進，彎進田埂裡，接著背對著河川，開始從農田往就在眼前的森林逃去。

「傷腦筋……真是敗給他們……我太小看他們了。」

奇諾望著遠去的卡車，遺憾地說道。

「哇塞，想不到那種小卡車還能渡河啊，而且如果油門沒有踩緊的話，水就會從排氣管跑進去的，真是個大膽的司機，這個敵人還真有笨事呢。」

連漢密斯都多加讚揚。奇諾抬頭往上看，天空的雲層開始變厚了。

「……應該是真有『本事』吧？」

「對，就是那個！」

說完漢密斯就不再說話了。

一個人加一輛摩托車被孤伶伶留在堤防上面。

「要是漢密斯能夠稍微提高顛簸路段的行駛性能，就一定能追到了。」

「把責任推到摩托車身上並不太好哦~剛剛妳應該射破輪胎才對。」

事到如今才這麼說已經來不及了。

「讓他們逃走了。」

「被他們逃走了呢～」

奇諾跟漢密斯首先是承認這個事實。

「要不要回去剛剛那座橋，順著胎痕追呢？」

「也只有這麼做了。」

然後思考下一個處理方法。

在殘留綠葉的針葉林入口，也就是農田與森林的交界處——

「真的……非常抱歉……這個或許無法補償什麼，不過……」

艾里亞斯邊說邊舉起拿著他身上所有鈔票的右手。那是從死去的人身上拿來的，沒有沾到血的鈔票。他遞給坐在駕駛座的大嬸。

「…………」

大嬸沒有說話，低頭看著一臉歉意的艾里亞斯，還有站在他旁邊的少女。她的頭從一開始就無力地低垂著，而且連一句話都沒有說。
大嬸開口說話了，而且口氣有點粗魯地反問他：
「你把那些錢都給我，接下來還有錢花嗎？」
「沒有……」
「接下來你有什麼打算？」
「帶著她繼續逃跑。」
「去哪裡？」
「不知道……不過，我必須保護她，我答應過的！」
「這樣的話——那些錢你留著吧。」
「咦？可是——」
「別那麼多廢話！」
最後這句話聽起來像在生氣，不過大嬸又突然笑了出來。然後說：

「我不知道你們是不是離家出走——反正，我是不會打破砂鍋問到底的，畢竟我也年輕過。跑到這裡的話應該就沒事了吧。」

說完又眨了一次眼。

艾里亞斯不斷向她道謝跟賠罪，還連續說了好幾次。

大嬸邊聽他說那些話，邊開著卡車前進。

她將那兩個人拋在後頭，用宛如逃跑的速度往前衝，不一會兒影子就變得越來越小了。

午後的天空雲層增加了，風也開始增強了。

「我們走吧，莎拉。」

艾里亞斯對一直低著頭的少女說話。

「…………」

但是她沒有回答。不過一拉著她的手，莎拉就跟著往前走。

兩個人走進了樹木以等距離排列的昏暗森林裡。

還在柔軟的泥土上留下腳印。

「就是這裡，有車胎痕，還有兩個人的小小腳印。」

「嗯，那應該沒錯吧。」

奇諾跟漢密斯在森林前面如此說道。漢密斯是用側腳架立著的，奇諾則蹲在腳印旁邊。

這時候有半片天空布滿著烏雲，連應該往西沉的太陽也看不見。

「漢密斯你在這裡等我，我看看能不能追到他們。」

奇諾如此說道，然後再次用主腳架把漢密斯撐住，接著解開後面載貨架的橡皮繩。用棕色大衣綑起來的，是分解成前後兩部分的「長笛」。

奇諾把前後兩部分組合起來並且鎖上，然後把附在後面的皮背帶往前拉。奇諾不喜歡附在前面旁邊的圓筒形滅音器，因為它會讓槍身變長，所以就沒去動它，只是「啪啪啪」地把瞄準鏡前後的蓋子打開。

奇諾把大衣捲起來綁在載貨架上，再從後輪左右兩側的箱子取出四個裝有九發「長笛」子彈的彈匣。她把三個分別放在皮帶上的腰包裡，另一個則「卡嚓」地嵌進「長笛」的機關部。

「那麼我出發了。就算行動沒有成功，我也會在傍晚的時候回來這裡。」
奇諾一面把「長笛」舉到眼前一面說道。
「這次要獵的不是鹿，殺了之後可不要把屍體肢解喲，奇諾。」
漢密斯則是用意想不到的黑色笑話回應她。
奇諾用右手拉開槍栓。
「知道了，我會小心的。」
說完之後就放了開來，隨即「唰」地發出堅硬的金屬聲。要是被這些威力強大的高速步槍子彈打到的話，腦袋大概有一半都沒了。她把第一發從彈匣送進彈膛裡。
「我走了。」
奇諾把「長笛」握在身體前面，眼睛追著腳印開始往前走。
「路上小心哦，不需要帶什麼禮物回來啦。」
漢密斯對消失在森林裡的奇諾喊叫。
「啊——真無聊！」
一看不見她的人影，就馬上這樣自言自語。
「好快！」

奇諾訝異的聲音從烏漆抹黑的森林裡傳了過來。

在針樹林裡有一座荒廢已久的橋。

那是一條為了跨越小河所建的小橋，而且是用幾根圓木組合而成的簡便木橋。橋面的寬度也只夠兩個人走過。

艾里亞斯跟莎拉就在長滿青苔的圓木下面。他們坐在光線昏暗的小河邊。

「又是在橋下呢。」

艾里亞斯笑著說道，不過在他左邊一直低頭不語的莎拉卻一點反應也沒有。

艾里亞斯沉默了幾秒之後，不久做了決定。

「莎拉！請妳告訴我！」

艾里亞斯邊說邊抓住莎拉的肩膀，讓她稍微震了一下。

「為什麼莎拉身邊的大人都對妳見死不救呢——莎拉妳一定知道為什麼吧？妳應該知道理由是什麼吧？」

「…………」

莎拉抬了一下頭，用毫無生氣且宛如死人的眼神看艾里亞斯。然後說：

「你還是不要知道的，好……」

她難得出聲說話，聲音非常微弱，然後又重覆一遍說：

「你還是不要知道的好，艾里！」

剎那間艾里亞斯歪著頭表示不解，但馬上像想起什麼的說：

「是艾里亞斯！」

「……咦？」

「我的名字，我叫艾里亞斯——艾里是尤恩先生幫我取的假名，雖然跟我的真名滿像的啦，從現在起請妳喊我艾里亞斯吧。」

「…………」

莎拉怔住一會兒，看著表情嚴肅的艾里亞斯，然後稍微瞇起眼睛。雖然她嘴角沒有露出笑意，但表情卻柔和多了。

「真奇怪，哪有綁匪跟人質說自己的真名啊……好奇怪哦。」

「就算妳覺得怪也無所謂，請妳告訴我——求求妳。」

「…………」

莎拉不發一語，看著直盯著自己看的艾里亞斯，然後，輕輕點了幾下頭。

她溫柔地握住艾里亞斯搭在自己肩膀的兩隻手，然後慢慢拉開。

莎拉站起身，她的頭就快要撞到橋樑的木材了，所以她一面彎腰一面從橋旁邊走了出去。

天空陰陰的，雖然目前身在森林裡，但是莎拉站著的地方卻有光線照射。艾里亞斯則在橋下抬頭望著莎拉的臉。

「那麼，我就告訴你——為什麼他們會對我見死不救。」

莎拉話一說完，就深深倒吸了一口氣，同時閉上眼睛。

然後，她開始唱歌。

那時候追著腳印的奇諾正小心翼翼地在森林裡前進。

她慎重握著「長笛」，用瞄準鏡確定四周有沒有埋伏。她一面注視眼下及四周以免追丟腳印，一面往前進。

雖然跟那兩個人之間還有相當遠的距離，不過奇諾已經聽到那個歌聲了。

莎拉在唱歌。

在空無一人的森林裡，只對艾里亞斯這名聽眾高歌。

好透明清脆的聲音。

歌聲漸漸跟森林的景色融為一體。

那是描述想珍惜心愛的人的心情，一首平凡無比的情歌，因此更是一首能充分突顯出歌手高超的歌唱技巧及優美歌聲的清新歌曲。

「…………」

艾里亞斯無法相信發生在眼前的景象，只是瞪大眼睛聽她唱歌。

莎拉的歌聲，是在收音機聽過許多遍的……
沒有錯，自己的的確確是在聽那位歌姬的歌聲。

那是剛好發生在前一天的事情。

「好無聊哦——」

目前在森林裡提高警覺的奇諾，跟在森林外面碎碎唸的漢密斯，就在前一天被一群西裝筆挺的男人團團圍住。

地點是飯店的餐廳。奇諾就坐在中央的桌子，幾名西裝男子也坐了過來。現場沒有其他客人，連飯店的職員都被支開。

「也就是你們想委託我殲滅綁匪？」

奇諾問道，心情似乎很沉重的西裝男們一起點頭。然後其中一人說：

「沒錯。照理說只要支付贖金，人質就會被釋放，不過這次的情況並不一樣。」

「怎麼個不一樣法？」

停在桌子後面的漢密斯問道。男子回答說：

「原本我們是不打算說實話的，但我還是會回答你的問題。不過，只希望你們不要對這個國家的任何人說，你們願意答應嗎？」

「反正我們後天就要出境，我們不會說出去的。」

「那我就回答剛剛的問題——這次被綁架的少女並不只是富豪的千金，而是知道本公司非常驚人而且重要機密的人。綁匪並不了解內情，只把她當成有錢人家的小孩才抓走她的……為了不引人注目，我們並沒有派太多護衛在她身邊，然而事實證明這麼做是錯的。」

「那是個不可告人的機密嗎？」

「我想漢密斯跟奇諾還是不要知道的好。」

「這個嘛，我沒有興趣知道，所以並不會問——我想問的是，要是我按照委託把綁匪殲滅的話，那女孩的性命也有危險吧？那樣也不要緊嗎？」

面對這個理所當然的疑問，那群西裝男子全都默不作聲沒有回答。

於是奇諾跟漢密斯——

「啊啊。」「原來如此。」

兩人幾乎在同時搞清楚這是怎麼回事。漢密斯說道：

「原來你們想封住對方的口啊，所以那名人質死了的話對大叔你們反而有益呢。雖然表面上委託我們殲滅綁匪，但那不是真正的目的，殺掉人質滅她的口才是最終目的吧。」

漢密斯毫不留情地繼續發言。

「如果奇諾做出毀滅性的殲滅行動，逼得綁匪狗急跳牆而撕票，反而幫了大叔一個大忙呢——你們希望那個機密隨著那女孩一起消失。但原則上，或許在心境上，你們沒有人想做那麼殘酷的事，所以才委託我們『消滅綁匪』。」

對方一樣不發一語，但實際上是默認了。

奇諾「呼～」地嘆了口氣。

「我突然想起師父曾說過的話……那個狀況跟現在蠻像的呢……」

她一邊看著那群默不作聲的西裝男子，一邊小聲地喃喃說道。

接著奇諾單刀直入這麼問：

「雖然我並不是十分清楚，不過一旦接下這樣的工作，我有什麼好處呢？」

「……………」

男人們不發一語地拿出一只小箱子。約馬克杯大小的木箱擺在桌上，「啪」地一聲打開了。

「……………」

看了裡面的東西，奇諾沒有說話。男人把箱子換個角度讓漢密斯也看得見。

「咻！」

漢密斯發出類似口哨的聲音鼓譟著。

原來那裡面裝了滿滿的寶石。寶石又輕又小，而且在任何國家都能夠高價脫手，再也沒有比這個更適合旅行者隨身攜帶的物品了。

「事成之後這些就是奇諾妳的，全部都歸妳。」

「我突然想起師父曾說過的話……」

奇諾唸唸有詞地說道。

「這的確很有吸引力……但是因為涉及這種工作內容，所以我這次打算拒絕接下這個工作。」

剎那間男人們訝異地往後退。

「那麼，如果再加上這個呢？」

對方接著立刻拿出一個約手掌大小的金屬固體，並且放在桌上。

「…………」

看到那東西的奇諾不發一語。

「啊——這太叫人感到意外了！」

漢密斯發出誇張但是真心的驚叫聲。

「我們得到奇諾妳一入境就到處詢問汽車修理廠的情報，也就是妳正在找漢密斯的引擎裡已磨損的零件。但是這個國家並沒有統一的規格品，要是找人特別製造這個零件，勢必花上一大筆錢。」

「你說的一點也沒錯，不過……這樣的話……」

奇諾吞吞吐吐地說道。

「想不到有那個，這下子傷腦筋了。」

漢密斯說道。

「聽說奇諾已經被迫放棄，想前往下一個國家繼續尋找對吧？」
男人如此問道，奇諾點頭承認他的說法。
「不過，下一個國家也未必有哦，而且找不到的可能性很高呢。就算有，價格也一定非常驚人吧？或是沒有現貨可以提供呢？要是就在這裡到手的話，妳就可以高枕無憂囉！」
「這個嘛，話是沒錯啦。」
「難道說，這個不夠當酬勞嗎？」
「…………」
奇諾不發一語。
「我可是非常歡迎這樣的酬勞呢——不過決定權還是在奇諾啦。」
漢密斯輕鬆地說道。

歌姬的歌聲響遍森林，在艾里亞斯整個人都僵住的情況下終於結束了。
莎拉吸口氣調整好呼吸之後便張開眼睛。
看著艾里亞斯目瞪口呆的表情，莎拉用她難得發出的聲音「嘻嘻」地笑了。

「為什麼……妳會唱歌姬的歌……可是……不可能……」
依舊站著的莎拉用平靜的語氣，對訝異的胡言亂語的艾里亞斯說：
「其實所謂的『歌姬』——根本就不存在。」
「這話是什麼意思？那個意思是……咦？」
「事實上，一共有兩個假歌姬。一個是專門拍照、在廣播節目說話、在電影的畫面裡假裝唱歌的歌姬。」
「…………」
「然後另一個——」
莎拉滿是雀斑的臉雖然帶著愁容，卻露出微笑。
「是負責唱歌的歌姬——那就是我。」
「…………」
「我本來是個孤兒。雖然我沒有印象，但據說我是在很小的時候被教會撿到，然後被一名慈善家

撫養長大的，雖然他早已經去世了。聽說我從小就很會唱歌，我對自己的印象也總是在唱歌呢。」

「…………」

「兩年前曾舉行過歌姬的選拔會，不過那全都是作假的。那些努力參加甄試的女孩們，根本就沒有機會進入決選，因為主辦單位從一開始就決定要選那個長得像洋娃娃一般美麗又可愛的女孩。可是，她卻無法像我這麼會唱歌——」

「所以才找莎拉唱歌，妳就成了專門唱歌的歌姬……」

「沒錯，其實早就決定是我來唱的，因為我的歌聲跟她很相似。但我不像她有那麼美麗的頭髮跟臉蛋。如果女歌手臉上長滿了雀斑，那是很丟臉的事情，不過那女孩卻這麼對我說：『我無法像妳那麼會唱歌，所以就維持這樣的狀況吧。我們倆是一體的，讓我們一起努力加油吧。』後來我們就成了兩人一體的歌姬，我們拚命工作，努力讓這個國家的人們更有精神，也帶給大家幸福，這種感覺真的很快樂。那些大人們也都替我們加油打氣，幫助我們——因為，大家需要我們。」

艾里亞斯發現莎拉在流淚。淚水流過她的雙頰落下，然後消失，不過淚水並沒有繼續流。

「那他們為什麼會對從事如此重要工作的莎拉見死不救呢？」

艾里亞斯憤憤不平地說道，莎拉只是簡短回答說：

「因為死了。」

「咦？」

「因為那女孩，死了──歌姬最近不是都沒有拍新的照片嗎？你知道為什麼嗎？」

「啊！難不成……」

尤恩的話從艾里亞斯的腦海掠過，讓他的表情整個都變僵了。

「那女孩，最近，一直在生病……所以都在休養。雖然她一直跟我說：『這沒什麼，我馬上就好了。』可是……根本就不是那樣……」

「是啊……」

艾里亞斯站了起來，從烏漆抹黑的橋下走到明亮的世界。不過在雲層變厚的森林裡，卻開始染上灰色的氣氛。

「結果她死了。大概，就在我被綁架的同一時期，所以他們已經不需要我，不再需要我了。因為他們要的是『我們』，而『我』已經不被需要了。」

艾里亞斯慢慢走近淡淡說著這些話的莎拉。

「所以，我可能會被殺，因為我知道一旦公開就會造成軒然大波的秘密。也難怪他們認為我會說出去。那些鬍子大叔之所以被殺，就是想激怒綁匪倖存的同伙把我殺了。」

「…………」

「如此一來，就不勞他們親自下手了，一定是他們的心腸太好才不敢直接殺了我。可是，我並不想死，我真的不想死，我希望繼續活下去。」

艾里亞斯站在掛著笑容、堅決說這些話的莎拉面前，他伸出雙手說：

「不會的！我不會讓妳被殺的！」

話一說完便緊緊抱住莎拉。

艾里亞斯連同辮子緊緊環住莎拉說：

「不會有事的，妳放心——我會保護妳的！」

「我不是人質嗎？」

始終被抱住的莎拉小聲問道。

「妳既不是『歌姬的一半』，也不是『人質』，我會保護『莎拉』，懂嗎？」

莎拉什麼話也沒說，只是像根木棒一樣杵在原地好一陣子，接著開始在艾里亞斯的臉旁邊小聲抽泣了起來。

艾里亞斯凝視跟莎拉相反的方向，瞪著黑暗的森林深處——

「我絕對不會讓妳被殺的。」

他堅決地又說了一遍。

此時莎拉舉起她的手，環住艾里亞斯的背。

看著在森林裡互相擁抱的兩人，奇諾喃喃地說：

「又來了……」

然後對艾里亞斯說：

「我說這位少年——我並不想殺你，因為沒那個必要，我只想快點殺了那女孩，好回去交差，可是你為什麼三番兩次地阻撓我呢？」

奇諾趴在距離他們三百公尺遠的土地上，用幾乎貼在地面的腳架舉著「長笛」，並透過瞄準鏡窺

視目標。

奇諾是在不久前小心翼翼順著腳印找到那兩個人，然後悄悄接近，進入射程範圍內，她不嫌髒的趴在濕地上，舉著步槍鎖定瞄準鏡十字線前方的少女胸部。

但是艾里亞斯老是阻撓接下來只剩扣下扳機這個動作的奇諾。

「真是的……」

奇諾的手指離開扳機，繼續等待狙擊的時機。

在瞄準鏡的圓形視野前方，兩人緊緊抱在一塊，並且說了兩三句話。

奇諾繼續等待。

在瞄準鏡前方的兩人緊緊抱了好一會兒。

「快點！」

就算奇諾這麼說，兩人還是抱在一塊。

「你們兩個到底有完沒完啊～」

然後那兩人互看對方，還說了些什麼。

「…………」

奇諾繼續等待。看女孩點了幾次頭，看來話應該是說完了。

奇諾吸了口氣，吐了一些之後就暫時憋住。她穩穩瞄準綁辮子那一方的頭部，當手指碰到扳機的時候——

「嗯？」

她的視野突然變得模糊不清。原來在兩人離開之前，突然變得霧茫茫一片，兩人的身影就這麼從奇諾的視野消失。

「…………」

因為下雨的關係。

驟然降下的冰冷秋雨，讓森林世界包圍在灰色的水霧裡。視線一下子變得很模糊，只看得到五十公尺以內的範圍。

瞄準鏡發揮不了作用，於是奇諾站起身來。

她開始往前走。把「長笛」握在身體前方，在雨中的森林裡走著。

到達目的地還有三百公尺的距離。她一面注意越來越泥濘難行的腳下，一面繼續往前走。

看到橋之後，奇諾把「長笛」舉到腰際的位置。她瞄準前方，預備一發現人影就立刻開槍。她一面戒備一面靜悄悄地走近。

最後終於來到那兩個人剛剛所在的橋邊。

「…………」

那兩個人已經不在那兒了。奇諾一邊舉起「長笛」一邊環顧四周，但看到的只是水霧裡的林蔭樹群。雨越來越大，不僅打濕奇諾的帽子，還順著帽沿從她眼前滴落。

奇諾開始在橋的周邊尋找兩人的腳印。她尋找了一陣子，但是沒有發現。

「…………」

原來這場傾盆大雨導致土石移動而掩蓋了他們的腳印，現在連他們往哪邊走都無法判斷。

在一片雨聲中，奇諾凝視著眼前的圓木橋。

「唉……」

她嘆了一口氣。然後，連橋都沒有過，就轉身往漢密斯等待的森林入口走了回去。

奇諾在大雨中回到漢密斯所在的位置。

她的帽子、夾克跟鞋子全都濕透了。奇諾略低著頭，帽沿擋住了她的眼睛，「長笛」則是槍管朝下地背在後面。

「妳回來啦，奇諾，瞧妳淋得像落湯雞似的——完成了嗎？」

「…………」

「奇諾？」

奇諾抬起頭來說：

「今天，到此為止——我們回飯店吧。」

她的臉從來沒像現在這樣鼓得這麼厲害。

「那麼做，妥當嗎？」

漢密斯問道。

「還有明天啊。」

奇諾立刻回答。

「歌姬所在之國」
—Unsung Divas—

「有任何蛛絲馬跡嗎？」
「沒有。」

這時候已經是晚上了。
雨在太陽下山以前停止了。
「為什麼偏偏那個時候下特別大呢……」
奇諾邊發著這樣的牢騷邊沖澡。她把濕透的衣服晾起來，接著換上飯店的睡衣休息。就在這個時候——
「抱歉打擾了。」
來了兩個西裝男子。
奇諾請他們進來坐。其中一個坐了下來，奇諾跟他隔著小圓桌也坐了下來。
「奇諾，請問妳要到什麼時候才能完成任務？」
有點火大的男子劈頭就這麼說，穿著睡衣的奇諾回答：
「明天以內。反正今天的天色已暗，也沒辦法追了。」
「妳應該會完成任務吧？」

「我的確有那個打算。」

「失敗的話，我們是不會支付酬勞的喲？」

「這個我知道。如果不幸失敗了，我明天傍晚自然會默默出境的。」

「無論如何麻煩妳了。那名少女知道很重要的機密，要是她在公開場合說出來的話，我們公司就完了。屆時有很多人將為此上吊，好幾千人在街頭徘徊——原則上我們也有派人監視她可能去的地方，但目前還沒有得到任何發現她蹤跡的消息。」

「最好還是別找到的好吧。」

停放在房間入口的漢密斯說道，男人們則氣得不說話。

過了一陣子漢密斯說：

「我覺得這個工作是不是太骯髒了——」

其中一人卻如此說道：

「但是，卻可以拯救許多人，大家會非常感謝妳，事成之後應該會更感謝妳才對。」

說這些話的男人從椅子上站起來。奇諾一句話也沒說，坐在椅子上看著那兩個男人往門的方向走去。

「有多感謝呢？」

最後漢密斯這麼問，男人回答說：

「感謝到唱讚美詩歌頌你們。」

當旅行者在飯店的白色床單上無憂無慮呼呼大睡的時候，艾里亞斯跟莎拉則窩在農具小屋裡。

兩人在雨停之後繼續往森林裡走，最後從農田旁邊繞了出來。他們發現有一間建在附近的農具小屋，確認裡面空無一人之後就決定今晚在那兒過夜。

晚餐是提早採收的胡蘿蔔。從土壤裡拔出來之後，艾里亞斯拿屋裡的小刀把皮削掉，並切成細長狀，然後兩人就卡滋卡滋地吃了起來。

兩個人坐在堅硬的地板上，肩並肩靠著牆壁，聽著遠處傳來的蟲鳴聲入睡。

隔天，也就是奇諾入境的第三天早上。

奇諾跟漢密斯，以及被叫出來的西裝男們，從太陽還沒升起前就在開作戰會議。

地點是空無一人的飯店餐廳。入口有人負責監視，餐桌上也擺放了茶水。

奇諾穿著雖然有點濕，但還算能夠忍受的襯衫，然後把所有旅行用品全綑在漢密斯上面，連大衣也掛在後面。

奇諾詢問那些男子說：

「你們說要是讓那個女孩公開發表那個重要秘密的話就糟了對吧？請問證據何在？」

男人們歪著頭反問她：「這話是什麼意思？」

「我後來仔細思考過，如果我是那個女孩——會不會為了保命而把決定性的證物帶出來呢？畢竟只憑她一人之詞，或許不會有人相信呢。」

男人們搞懂之後，就回答說證據應該就在公司或她住的房子裡，然後又補了一句說兩邊都派了很多人監視，所以應該無法接近才對。

「那麼，請馬上把待在那屋子裡的人都支開，把屋子全部淨空。」

奇諾說道。她繼續對訝異地看著她的男人們說：

「這樣應該就能引誘她回房子拿證據，我會在裡面埋伏。請幫我列出可能是證據的東西，還有那個屋子的地圖以及格局構圖。」

「有可能那麼順利嗎？」男人們提出疑問。

「我覺得與其讓我一個人騎著摩托車，在這麼寬闊的國家裡像隻無頭蒼蠅到處尋找可能躲在每個角落的少年少女，不如來個守株待兔，這麼做的成功率反而高出許多。更況且還得在今天之內完成任務。」

他們最後勉強認同奇諾的說法，並且答應立刻著手安排，還告訴奇諾那間房子的地點。

「有可能那麼順利嗎？」

等那群男人開始著手各項聯絡而離去後，漢密斯小聲問道。

「我也不知道。」

奇諾回答。

幾乎在奇諾回答的同時——

「證據！只要找到莎拉是幫歌姬唱歌的證據就好了！有沒有什麼類似證據的東西呢？」

咬著胡蘿蔔的艾里亞斯說道。

在兩人所在的小屋裡瀰漫著滿滿的晨霧，整個世界染上了淡淡的灰色。

莎拉也坐在艾里亞斯旁邊咬著胡蘿蔔。

「如果回房子的話或許找得到……不過，我不曉得是哪些文件耶……」

她這麼說之後就陷入沉思，過了幾秒——

「有了！」

「真的嗎？是什麼？」

「唱片！是某次錄音失敗、無法使用的原始母帶，它被錄在唱片裡，是我要來當做紀念的。那裡面有我跟當歌姬的女孩講話的聲音，和我請教歌唱老師要如何把歌唱好的聲音，以及周遭大人們的聲音等等，錄了很多雜七雜八的聲音在裡面。如果有那個的話就能當證據……」

「那房子裡有什麼人在？」

「平常只有管家跟幾名女僕在，公司的人只有在接我的時候才會出現……」

「好極了！那就回去搶那個吧！只要把它送到某廣播電台或報社公開就可以了！」

「可是……那麼做的話，公司上上下下的人就——」

「妳別替那些人擔心了！那些人想殺死妳耶，還管他們有什麼下場！我絕不會讓妳被殺的！」

艾里亞斯折斷手裡準備要拿起來吃的胡蘿蔔。

莎拉眼睛往下看，表情變得愁眉苦臉的，然後又突然瞪大眼睛。

「啊啊！可是！那樣的話，艾里亞斯會被抓！你就變成綁匪了耶！」

莎拉看著艾里亞斯說道。這時候艾里亞斯露出沉穩的笑容說：

「無所謂。」

「……可是！綁匪一旦被抓到的話會被判無期徒刑耶！你要坐一輩子的牢——」

「總比莎拉死掉好吧？」

「…………」

坐著的艾里亞斯轉身跟莎拉面對面。他把雙手搭在莎拉的肩上，凝視著莎拉說：

「我剛剛才想到，自己還沒告訴妳為什麼我會聽那些居心不良的大人的話加入他們的行列……其實我很想要買唱片，就是歌姬的，但是我知道不管自己花多少年努力工作，還是買不起收音機或唱盤唱片，所以，才會加入他們的。」

「…………」

「既然歌姬已經死了，那我賺再多錢也沒有意義了。放心啦，即使被抓去關，監獄也會給我聽廣播的！屆時我就能知道妳平安無事了！」

「…………」

「我絕不會讓妳被殺的！所以，我們去拿那個證據吧！」

莎拉靜靜流著眼淚，把臉湊近少年的笑臉，還在他的額頭，輕輕留下一個吻。

然後用淚眼笑著對滿臉通紅的艾里亞斯說：

「那麼，之後換我來幫你！將來，當我以自己真正的身分唱歌，賺了很多錢之後，我一定會幫你的！就這麼說定了！」

「呼哇……」

奇諾打了一個大大的哈欠。

「妳還真是粗神經耶！」

漢密斯小小吐她一個嘈。

奇諾她們目前是在某個豪宅的寬廣中庭裡。

這座大量使用白色石子堆砌而成的庭園，就像一座寬大的台階，排列了噴水池跟花圃。如此豪華的空間，旁邊緊鄰著更奢華的宅邸。後面則有經過細心整理，色彩鮮豔的楓葉林。

奇諾就在樓梯下方的庭園正中央，現在已經沒在噴水的噴水池旁。她以一副輕鬆自在的樣子躺在帆布躺椅，仰望飄著捲積雲的秋日天空。

堆著行李的漢密斯，則是用主腳架停在她旁邊。基本上從房子裡是看不到他們的。

這裡是莎拉之前生活的豪宅。放眼望去，視線範圍內沒有半個人影，屋裡也沒有人，所有人全都已經被支開了。

奇諾伸手取用擺在帆布躺椅旁邊的桌上看起來蠻昂貴的茶杯，然後優閒地喝茶。

「真好喝，不愧是好茶葉。」

「這麼優雅的生活還真不賴呢。」

「接下來只要等待獵物上鉤就可以了，真希望不要有任何人來。況且今天天氣又好，要是像這樣悠哉待到傍晚都沒有人來的話，就可以跟商人會合離開這個國家了。」

「妳還真沒幹勁呢。要是錯過這裡的話，或許就沒機會拿到那個零件囉。不光是那樣，對方搞不好還會告妳不履行工作契約呢。」

「到時候再說吧！」

「奇諾妳會不會被那個公司的人抓走啊？」

「如果演變成那種下場的話，我不是把他們全部殲滅，就是把你丟棄在下水道讓你忍受臭氣獨自逃跑。」

「到時候還是請妳殲滅他們吧，而且不必客氣。順便提醒妳，能拿什麼就盡量拿。」

「知道了，我會那麼做的，反正子彈多得是。」

奇諾跟漢密斯聊著既和平又危險的對話。

而裝了口琴型滅音器的「森之人」就放在那桌子上。在朝陽的照耀下閃著黑紫色的光。

那棟房子就位於恬靜的住宅區裡。

而這裡是跟那棟豪宅隔了一段距離的隔壁街道，也是超高級的住宅區。跟艾里亞斯住的那條街比起來，簡直是另一個世界。

雖然是大白天，在這條種植銀杏樹的街道上卻不見任何人影。因為這附近的房子都是同一家公司職員買的，為了預防發生什麼騷動就把居民全都撤離了。

「已經過中午了，這麼做到底有什麼用啊？」

男子碎碎唸道。

「我哪知道啊？」

另一個人回答。

兩名穿西裝的中年男子，就藏身在奇諾坐鎮的豪宅正對面的屋子裡。他們坐在窗邊的椅子上，從窗簾的縫隙監視街道。

裝了瞄準鏡的步槍，就混在飲料罐跟沒吃完的麵包之中，那是驅逐野獸用的小口徑步槍。

正當其中一人說完「差不多該換班」的時候——

「有車子來了！」

用小型望遠鏡監視的男子大叫。另一個人急忙往外看，只見一輛車從豪宅的前面經過。是一輛車頂加裝廣告看板的計程車。

計程車慢慢通過豪宅前面，不過又立刻折了回來。這次它停了下來，車門也打開了。

計程車離開之後，從車子陰影出現的是綁辮子的女孩跟同年齡的男孩。

「沒有錯！是莎拉小姐！」

「跟她在一起的是綁匪嗎？就有如那個旅行者所說的一樣！」

兩個人環顧街道之後就往豪宅的大門走去。

「可惡！」

一名男子舉起步槍。他趴在窗邊微微打開玻璃窗，握穩步槍之後便裝填子彈。

「好極了，開槍吧！只要你擊中的話，公司就不用付酬勞給那個旅行者了！」

「的確沒錯……可是如果能先帶回莎拉小姐，確保她不會把秘密洩漏出去的話——」

「別傻了！你打算永遠抱著這個不知何時會被揭發的秘密過一輩子嗎？這麼做是為大家好，也是為了公司好！」

「可是我們跟公司都靠她賺了不少錢耶……」

眼見伙伴如此懦弱，男子氣得咬牙切齒。

結果舉起步槍的男子只是瞄準目標，目送著女孩走進屋裡。他什麼都沒做，只是把步槍的保險關上而已，然後他詢問隔壁的伙伴說：

「我們沒必要玷污自己的手。那個旅行者應該會幫我們搞定吧？這樣我們就不會有罪過了。」

原來是為了這個原因啊？

另一個男人被他氣得說不出話。

「奇諾！」

漢密斯叫醒躺在帆布躺椅、拿帽子蓋著臉睡覺的奇諾。

「嗯？」

「一切如作戰計劃。看，快去吧。」

「傷腦筋……」

奇諾慢慢站起來。

她把帽子戴好，抓起桌上的「森之人」。

「這是什麼？」

艾里亞斯在房子的玄關處小聲問道。

玄關大廳擺設了陶器跟繪畫，天花板還掛著水晶燈。樓梯、走廊的空間都廣闊到誇張的地步。

正當艾里亞斯被眼前的景象嚇到的時候——

「走這邊！」

莎拉拉著他的手。兩人往左右兩邊延伸的走廊向右邊走去，屋裡一個人也沒有。

「怎麼都沒有人？而且這附近的房子裡也好像都沒有人在呢。」

艾里亞斯訝異地說道。他把右手縮進夾克的袖子裡，緊緊抓著說服者的槍把。

「不知道。住在這附近的都是公司的職員，或許大家正在忙吧。不過，你要答應我。」

莎拉回頭看艾里亞斯，他點著頭說：

「我知道，我不會傷害管家跟女僕，只會威脅他們而已。」

兩人繼續走在擺了繪畫跟花瓶的長廊上。隔著玻璃窗往左邊看可以看到中庭，但是沒有看到任何人影。

不久——

「就是這裡。」

莎拉站在走廊盡頭的房間門口說著。

右邊面對中庭玻璃窗的，是一扇又大又重的門。莎拉伸手轉動門把打開門。

艾里亞斯也跟著她後面走進去。

結果他撞上突然停下腳步的莎拉。

「哇！為什麼——」

艾里亞斯終於明白她為什麼突然停了下來。

這個房間非常寬敞，室內的裝潢既豪華又可愛。大門正前方的房間深處，是附有天蓋的床鋪，那裡坐著一名身穿黑夾克的人。那人背對著明亮的窗戶，在黑暗中一動也不動。

因為逆光的關係，所以看不清楚對方的臉，不過年紀似乎比艾里亞斯他們稍微大，但也相當年輕。那人盯著他們兩個人看，左手握著說服者。

「是、是誰？」

莎拉問道。

被問及自己身分的奇諾開口說道：

「我的名字不重要……」

她語氣相當委婉，並看了辮子少女一眼。

「不過，我的工作是殲滅帶走那名女孩的綁匪。」

女孩嚇了一跳，在她身後的少年則表情兇惡地瞪著奇諾。奇諾從她站的位置並沒有看到少年的右手貼在身體前面。

「妳是那時候的殺手！」
艾里亞斯大吼。奇諾不發一語輕輕點頭。
「是我吧！」
少女聲音顫抖地大喊。
「其實是我吧！妳想殺的，是知道秘密的我吧！」
「這個嘛——妳說的沒錯，看來妳很了解狀況嘛。」
「既然這樣！這個人一點關係也沒有！他是無辜的！」

「我是綁匪！」
艾里亞斯大叫。他呲牙裂嘴地瞪著悠哉坐在眼前的殺手。
「跟我一決高下吧！這跟莎拉無關！要殺就殺我吧！」
「可以的話，我實在不想那麼做呢。」
「少囉唆！我不會讓妳殺死莎拉的！妳這個壞蛋！殺人魔！」
艾里亞斯語氣激昂地說道，那名殺手則稍微瞇起眼睛。

「這些我是不否認啦……不過……」

「不過──我們倆應該是半斤八兩啦。只要你的說服者不對著我，我是不會開槍的。」

奇諾舉起握著「森之人」的手。

「我不會讓妳殺了莎拉的！」

艾里亞斯用左手抓住莎拉的後頸接著把她拉倒，同時拔出緊握在右手的說服者。

玻璃窗破了。

發出「嘩啦」的細微碎裂聲。

「唔！」

奇諾痛得一面皺眉頭，一面撲倒在地板上。左手的「森之人」一度差點掉落，但又很快在半空中將它抓穩。

最後，眼前的少年終於拔出說服者。

要不是有子彈從後面打破玻璃窗射進來，還擦過奇諾的左手臂搞破壞，奇諾老早就比他先瞄準好了。

少年一面把少女拉倒在地，一面看是誰對自己開槍。奇諾則是躺在床上，她翻了一圈半之後就從床沿的另一邊摔下。她整個人正好摔在窗戶跟床舖的間隔。

「好痛！」

頭還在那時候撞到牆壁。

「快逃！」

看到對方躲了起來，艾里亞斯沒有開槍，他大叫後直接把用左手抓住的莎拉拖著走。

莎拉踉蹌地往後走了幾步，就在通過門口時，被艾里亞斯往背後一推，才恢復正常的行走姿勢。

「快跑！」

被艾里亞斯往背後推的莎拉開始往前跑。

「跑啊！」

聽到少年的聲音跟兩人離去的腳步聲，奇諾首先把房間的窗簾拉起來。她一面躲在窗框下方，一面用右手把左右兩邊的窗簾拉近，讓房間的光線變暗。

此時，在對面的屋子裡——

「混帳東西！幹嘛開槍啦！」

有個男人邊看那扇窗戶邊氣呼呼地大罵。在他隔壁的另一名男子，則目瞪口呆地舉著步槍杵著

不動。

「喂！你開槍打中的是那名旅行者耶！」

「不對……這麼做是不對的……」

步槍從男子的手上滑落，在地板上發出撞擊聲。

「這麼做是不對的……她不是在那裡面嗎？我們到底在做什麼啊？我們，在做什麼啊？」

男子的情緒很明顯已經錯亂了。

「混帳東西！」

另一個人則朝他的臉揍了下去。男子因此而昏倒，還發出比步槍掉在地板更大的聲響。

「我跑不動了啦！我去找對方好了！艾里亞斯你自己一個人逃吧！」

「絕不可以——那麼做！」

艾里亞斯依舊右手握著說服者，左手拉著莎拉的手在走廊上奔跑。

奇諾直接穿著鞋踩過床鋪，從烏漆抹黑的房間走到走廊上。

走了沒幾步，她舉起右手觸碰左上臂的傷口。夾克被劃開一個洞，襯衫也滲了一點血，她把衣物翻開來看，發現皮膚被劃傷約五公分。雖然傷口很長，不過並不深。

奇諾放開手之後，看著破掉的夾克一度恨恨地說：

「我要叫誰幫我縫啊！」

然後在走廊較低的位置探頭窺視，接著往左看去。

結果在長廊的前方看到兩條越來越小的背影。

奇諾走到走廊上，接著彎腰把左手伸直。

「還真的很痛呢……」

她想瞄準目標，手卻微微顫抖著。

就在那個時候，兩個人已經來到前往玄關大廳的入口。艾里亞斯拉著莎拉一面轉身撥開擺設的花瓶，一面走進大廳。就在前一秒，一道紅色的雷射光穿過莎拉所在的位置。

看到兩個人從視野中消失，奇諾站了起來。她改用右手握「森之人」，再將左手也握了上去，她用兩手握槍的姿勢繼續瞄準走廊盡頭。

「…………」

奇諾慢慢往前走。

艾里亞斯一面踩著破碎花瓶旁的花朵，一面往走廊探頭。

他看到穩穩瞄準前方，平心靜氣地在二十公尺遠的前方走著的殺手，馬上又把頭縮進去。

他環顧大廳，雖然走廊延伸到另一頭，不過會被殺手發現。至於玄關則是關閉的狀態。

「這樣就不能到外面去了……」

艾里亞斯喃喃說道。正當他拚命搖頭的時候，忽然注意到癱坐在絨毯的莎拉。

「我絕對不會讓妳被殺的！」

大喊的艾里亞斯看到擺在莎拉身後牆壁上的高大紅色鐵桶，它的前端有塑膠管跟黃色控制桿。

艾里亞斯把說服者放在地上，走近那個鐵桶之後伸手碰它，然後拖著那個大約有自己一半身高的鐵桶，來到走廊邊緣。

艾里亞斯用左手拔開塑膠管，將右手搭在控制桿上。

然後往走廊探頭看去，並用左眼看距離他們僅僅約十公尺的殺手。

艾里亞斯並沒有把頭縮進去，他用右手緊緊握著控制桿，白色的滅火劑就從他握在左手的塑膠管噴射而出，走廊隨即變成白色的。

艾里亞斯踹著那個叫滅火器的東西，然後推到走廊上，失去控制的塑膠管，就往四面八方噴灑滅火劑。

艾里亞斯立刻撿起說服者，像瘋了似的大喊：

「哇啊！」

接著跳到走廊前面，然後對剛剛殺手所在的位置胡亂射擊。

「真棘手……」

奇諾在中庭喃喃說道。

其實當滅火劑開始噴出煙霧的時候，奇諾就立刻打開面向中庭的玻璃窗，急忙逃到庭園裡。走廊上變得一片純白，還充斥著有如火災時冒的煙，根本就看不清楚裡面的情況。

「奇諾妳在做什麼？怎麼一直杵在這裡？」

停在中庭階梯下方的漢密斯大聲問道。

奇諾三步併二步奔下樓梯之後便蹲下來，看著從自己打開的玻璃窗裡冒出來的滅火劑煙霧。

「事情好像沒那麼簡單搞定。因為對方豁出去了，結果就亂搞一通。如果是熟悉射擊的人，行動還比較好判斷……看來門外漢真的很可怕呢。」

「少拿藉口搪塞，總之別讓流彈飛到我這邊哦。」

「反正接下來我會認真對付他的。」

奇諾答道。從她所在的這個位置，可以看到那兩個人從走廊朝向右邊，也就是建築物的另一頭逃走的身影。

「看來——我也得改變做法了。」

那兩個人不知道自己的行動被奇諾看得一清二楚，就這麼躲進其中一個房間裡。

在走廊跑了一陣子之後，就隨便找一個房間衝進去的艾里亞斯，看到的是一整排的書櫃。

原來那裡是書房。在這沒有窗戶的房間裡，圍著牆邊排滿高大的書櫃，連房間中間也有。

莎拉淚汪汪地對拉開沉重的門並關上的艾里亞斯說：

「艾里亞斯你自己逃吧——求求你。」

正當艾里亞斯搖著頭想說話時，聽到了轟然的槍聲，而且聲音十分清楚。

那跟剛剛有消音過的槍聲截然不同，是低沉又響亮的爆裂聲，緊接著是走廊的玻璃窗破碎落下的聲音。

艾里亞斯要莎拉趴下。聲音從右邊響起，接著是走廊玻璃跟花瓶被打碎，牆壁被打穿，一路從他們躲藏的房間門口通過，接著往左邊延續。

「可惡……我一定要把妳轟得稀巴爛！」

「艾里亞斯——算我求你——」

但是艾里亞斯沒有理會莎拉的請求。

他看著手上隨時都可以擊發的說服者，槍栓是處於後退的狀態。艾里亞斯從口袋取出預備的彈匣，把用光的換掉。

他模仿尤恩在車上做的那樣把槍栓拉開，裝進子彈之後再推回去。

奇諾舉起從漢密斯那裡拿來的「長笛」，對準走廊連續開槍。

她沒有特別瞄準什麼地方，只是往她的右邊，也就是那兩個人逃走的方向射擊，把走廊的玻璃全打破了。她迅速換掉彈匣，大概開了有三十發左右吧。

接著奇諾取出裝有綠色液體燃料的小瓶子。她把瓶口換成裝了導火線的東西，再拿火柴點燃。

她用力丟了出去，剛好撞上玄關大廳附近的牆壁，而且幾乎在同時爆炸。

劇烈的爆炸聲震動那一帶的空氣，原本破掉的玻璃窗殘餘的碎片又被震落下來。至於爆炸處的牆壁則倒塌起火，跟著就慢慢燒了起來。燃燒的濃煙慢慢飄向藍天。

在正對面的房子裡監視奇諾的男人則焦急地打電話。

「別問那麼多，快找人來！還有消防車！那個旅行者根本是在豪宅裡發動戰爭！」

受到一連串的槍擊及炸彈攻擊之後，莎拉整個人陷入恐慌狀態。

「不要……我受夠了……」

她摀住耳朵蹲在書櫃旁邊。

艾里亞斯則已經無法移動，只能夠以半蹲的姿勢舉著說服者瞄準前方，並且望著那扇把他們關在房內的笨重大門。

不久他聽到聲音，是「卡嚓」踩著玻璃的聲音。

那很明顯是往走廊前進的人類腳步聲，而且一步一步慢慢接近兩人現在所在的房間。
「可惡……」
臉上冒著汗的艾里亞斯瞄準書房的門。
腳步聲繼續前進，就連細小玻璃被踩碎的聲音都聽得很清楚。
那個聲音到門口就停住了。
「…………」
門把慢慢地轉動，金屬門鎖「鏗」地彈了開來。
艾里亞斯往前衝。他傾全力衝向那扇只有幾步路距離的門，然後用肩膀朝門撞去。
撞開門衝到走廊的艾里亞斯立刻看到人在左邊的殺手。
「哇啊！」
艾里亞斯很快將右手的說服者指著殺手並扣下扳機，殺手也拿自己的說服者指著艾里亞斯。雙方像是拿刀劍近身作戰似的，只聽到一陣金屬撞擊的堅硬聲音，艾里亞斯的武器就被彈開了。
子彈雖然從艾里亞斯的手中發射出去，不過卻把天花板打破一個洞。
「哇啊！」
艾里亞斯繼續開槍，對準眼前這個人的臉不斷扣扳機，但是殺手右手上的說服者卻不斷把艾里亞斯的說服者所發射的子彈彈開。

所有艾里亞斯開的槍都像第一發那樣錯失目標。這時候說服者的槍栓往後退後就停止不動了，原來裡面沒子彈了。

這時候殺手使出一計飛踢，一腳就踢中艾里亞斯的腹部，使他矮小的身體飛到走廊上，手上的說服者也飛到庭園裡的石頭上面。

他整個人摔在碎玻璃上，手跟臀部都被細微割傷。

「哇！」

使出飛踢的奇諾恢復原來的姿勢，從大開的書房房門往裡面看去。

少女就在裡面，她蹲在地上抬起頭往奇諾這邊看。

奇諾首先用右手的「森之人」指著被踢到走廊盡頭的少年。

「住手！」

奇諾聽到少女的喊叫，但是並沒有理會。

雙手雖然被鮮血染紅，也被殺手拿槍指著的艾里亞斯站起來說：

「還沒完呢！我還沒死哦！」

來自玄關大廳的煙霧開始淡淡地瀰漫在走廊上。

「我不會讓妳殺死莎拉的！我不會讓不了解事情真相的妳殺死她的！」

鮮血不斷從緊握的雙手中滴落的艾里亞斯大喊著。

奇諾看著狠狠瞪著自己、完全沒有失去戰鬥意志的少年對手說：

「如果是師父的話，應該會用更優雅的方式收場吧……」

奇諾喃喃說道，然後慢慢舉起右手的「森之人」。雷射開始亮起，就在那個紅點開始在走廊移動的時候——

她聽到了歌聲。
「——？」
奇諾往歌聲的來源看去。
「…………」
是少女在唱歌。雖然她流著眼淚，但沒有影響她清脆又美麗的聲音。她唱的是奇諾前一天早上聽到的那首歌。
「我才不會讓妳殺她呢……」
她把視線轉回走廊，少年仍恨恨地瞪著她。
「我不會讓妳殺死世界第一歌姬的！」
少年撿起地上的玻璃碎片，就算尖銳如刀的碎片會割傷自己也不在乎，只是一逕地緊緊握住。
「哇啊！」
然後就這麼往前衝。
奇諾突然把腳伸長，輕易就把少年絆倒了。少年整個人摔在地上，手中的玻璃片也不知飛到什麼地方，讓他身上又增添了許多小傷口。
奇諾沒有理會趴在地上懊悔呻吟的少年，只是不發一語地凝視流著淚唱歌的少女。

「…………」

她專注傾聽那個歌聲。

歌曲終於結束。

奇諾詢問睜開眼睛的少女說：

「另一名歌姬呢？」

少女坦白回答她：

「她一直在生病。不過，可能已經死了吧。」

然後又補了一句：

「所以大家才巴不得我死掉，因為這麼一來就能永遠守住這個秘密了。」

「原來如此，所以他們才會雇用我。」

奇諾了解整個狀況之後，少女又補了一句話：「我已經沒有家人，就算被殺死也沒有人會替我難過。不過唯獨那個人，請不要殺他。」

「可是我必須完成我的『工作』啊。」

奇諾說到這裡的時候，突然想到什麼事。

「啊啊——對喔——我還有其他『工作』呢——」

呻吟的少年好不容易才抬起頭，他抬頭瞪著奇諾看。

奇諾沒有理他，用左手從夾克右邊的袖子裡抽出一把刀。她看了少年一眼就走進房間裡，從他的視野中消失。

「住手啊！」

聽著少年的慘叫聲，奇諾站在少女面前。

「對不起了。」

刀子便從她的脖子劃過。

一群西裝男子聚集在燃燒的豪宅四周。

結果來了一輛消防車，但是並沒有放水救火，只是杵在原地看著豪宅被濃煙與火焰團團包住的樣子。

縱使聽得到眾人議論紛紛地說「這是怎麼回事」，不過沒有人能夠回答。

這個時候整棟房子已經陷入火海，豪宅熊熊燃燒並開始崩塌。

「那個旅行者呢？」

正當有人終於想起奇諾的時候，剛好有引擎聲靠近。

奇諾騎著漢密斯輾過跟豪宅為界的雜草出來。當她一離開燃燒的豪宅來到馬路上，就立刻被那群西裝男子團團包圍。

「結果怎麼樣？」

他們不關心臉上都是煤灰的奇諾有沒有受傷，只是拚命詢問工作的結果。

從漢密斯下來的奇諾雖然有些生氣，不過她沒有回答。

「拿去。」

只是從漢密斯載貨架上的私人旅行用品旁邊拿出一只大袋子。

看到那個袋子的男人們全部臉色大變。

那個袋子雖然是布製的奶油色手提袋，但看得出來裡面鼓鼓的。鼓起的程度差不多有一顆哈密

瓜的大小。
布面不僅整個被染紅，還有某個東西從袋子的開口掉了出來。那個是——辮子。
雖然是兩條紅髮麻花辮，不過卻沾滿了血跡，從袋口掉了出來。
「我的任務結束了。我想應該沒有人在被砍了頭之後還能活吧，所以就特地把證據帶來給你們看。要看裡面嗎？」
奇諾笑嘻嘻地問道，那些男人則臉色蒼白地往後退。
「另一名少年現在應該身陷火海裡。我並沒有確認他是否死亡，不過如果他從裡面出來的話，請你們自己開槍打死他吧。」
然後奇諾把袋子一把遞給離自己最近的男子說：
「拿這個跟你換酬勞可以嗎？」
「我、我不要！」
男子嚇得癱在地上。
「那麼，你呢？」
她詢問那男子旁邊的人，那個人也嚇得逃開了。
「真受不了你們耶——那不然我丟掉了喲？」

奇諾有點動怒，等了幾秒看大家都沒有異議之後，就用力揮動袋子，把它給丟了出去。

「喝！」

只見辮子的前端隨風飄動，袋子畫出拋物線朝燃燒的房子飛去，然後消失在火焰裡。

那些男人目瞪口呆地望著那幅景象，其中還有人被袋子甩出時所噴出來的血濺到。

「如此一來結束了。哎呀~累死我了。」

奇諾說完就對西裝男子伸出她的手掌，她那隻手也沾滿了鮮紅的血跡。

「…………」

其中一名男人拿著金屬零件跟裝了寶石的木箱過來。他猶豫了一下，才放在奇諾沾滿鮮血的手上，然後立刻逃離她身邊。

奇諾先打開箱子確認一下裡面的寶石，在確認無誤之後，再「卡嚓」一聲將它合上。

她把那箱子放在漢密斯後面的載貨架上，就夾在睡袋的旁邊。至於金屬零件則是用布包妥，放在後輪旁邊的箱子裡。

「妳可以離開了……」

聽到西裝男子說這句話，奇諾說完「我會的」就跨上漢密斯。

然後好像想起什麼事情似的詢問男子。

「打傷我的，究竟是誰啊？」

那些男人們聞言嚇得直往後退。因為沒有答案，奇諾如此說道：

「請替我向『遜槍手』打聲招呼。」

然後踢開側腳架、踩下發動桿。

「那麼，再見了各位。」

最後留下這句話，就穿過那些瞪著自己看的男人中間離開。

眾人目送著她那不一會兒就逐漸變小的背影。

「可惡的殺人魔！下地獄去吧！」

其中有人如此說道。

接著奇諾行駛在住宅區盡頭，右側是森林，左側是水池的路上。

「一百九十，一百九十一——」

漢密斯如此數著。

一面騎車的奇諾一面扭轉身子，她用左手拿出剛剛的寶石箱。

「雖然很可惜，不過已經沒時間了。」

然後放手一丟，箱子就「啪」地一聲掉進池子裡。

「兩百——」

只見奇諾的背後發生劇烈的爆炸。

不僅濺起了水花，連池底的泥濘都飛了起來。在水花與泥濘中，還夾雜了閃閃發亮的小東西，也一同沉到池子裡。

「傷腦筋，真是一群很好騙的人呢。」

漢密斯訝異地說道。

「所以我們辦起事來也方便多了。」

奇諾開心說道，然後又補一句：

「接下來還有得忙呢——首先得去找那位商人。」

一隊馬車在被夕陽染成橘紅色的世界裡悠哉前進。

這裡已經在國境之外。八輛馬車背對被夕陽照耀得格外明顯的城牆，踩著森林裡的堅硬泥土路慢慢前進。

在最後一輛馬車的左斜後方用低檔慢慢行駛的，則是奇諾跟漢密斯。奇諾披著大衣，身上還背著「長笛」。

在這一隊馬車行進好一陣子，也逐漸遠離城牆的時候，坐在奇諾旁邊的馬車上，就在車夫隔壁的男商人轉頭對奇諾說：

「奇諾，雖然載了當初說願意幫妳載的『貨物』，可是『這些』真的賣得了錢嗎？下水道的臭味很濃耶。」

聽到商人這麼問，奇諾回答道：

「賣得出去吧——應該啦。」

為了讓對方聽到，奇諾特地大聲回答他。

「算了——這麼一來就只好把原本要給妳的那一份糧食讓給他們了，畢竟有兩個人呢。」
「沒關係，我有攜帶糧食就行了。」
「真不服輸耶——」

這時候有兩個人聽到奇諾與漢密斯開心的聲音，從那輛馬車的車篷後面探出頭來。
其中一個是短髮的少女。
另一個是臉上都是小傷痕，手上還纏著繃帶的少年。
他們身上的衣服被地下道的污水弄得髒兮兮的，再怎麼說都稱不上「乾淨」。
那兩個人望著自己出生的故鄉裡的城牆，隨著景色移動而越來越低。
然後，他們跟很快就騎到他們旁邊的摩托車殺手四目交接。
「…………」
少年不發一語地瞪著她。

少女則是微微一笑。

然後，少女吸了一口氣——

她開始唱起歌來。

走在夕陽裡的馬車，開始傳出悅耳的歌聲。

商人連忙回過頭——

「嗯？這是——」

他看著歌手說不出話來。接著，臉上又綻開笑容。

馬車悠哉地在大地上前進。

隨著歌聲一起溶入夕陽餘暉的世界。

## 尾聲
# 「某個男人之旅・a」
*—Life is a Journey, and Vice Versa.・a—*

# 尾聲「某個男人之旅・a」

## —Life is a Journey, and Vice Versa.・a—

這是過去奇諾跟她稱之為「師父」的老婆婆一起生活時的故事。

也是奇諾還留著長髮時的故事。

那天的天氣晴朗，一名旅行者騎著馬來到森林裡的小木屋。

他臉上長著鬍子，身穿老舊的皮夾克，頭上戴著牛仔帽，背上背著一把老舊的左輪步槍。是個年過五十的男人。

旅行者騎著馬走過森林小徑，對正在露天平臺晾被單的老婆婆以及奇諾打招呼，然後詢問是否可以分點水跟牧草給他。

老婆婆爽快地答應了，奇諾便幫忙餵食那男人的馬。

那男人還被請到小屋的平臺喝茶，於是開始了三個人的小茶會。

「原來如此，你做了那麼漫長的旅行啊？」

聽過男人的故事，奇諾興致勃勃地問道。

這男人從三十多年前就一直四處旅行。他旅行的方式有很多種，到了科技進步的國家就開車，到了沙漠就騎駱駝，到了綠意盎然的土地就騎馬，到了寒冷的土地就滑雪。總之就是依當地的情況來選擇交通工具。

「其實，我是有目的的。」

因為男人那麼說，於是奇諾便問他：「是什麼樣的目的呢？」

「我旅行的目的是——」

男人說道。

「讓這個世界失去『重力』喲。」

「重力……是嗎？你說的是，那個讓物體從放開的手中往下掉的重力嗎？」

男人對奇諾的反問點頭回應。

「某個男人之旅・a」
*—Life is a Journey, and Vice Versa.・a—*

「沒錯。我生長的國家位於有許多像高塔那麼高的岩山地區，居民每天都得過著爬上爬下的生活，所以偶爾會有人從那裡摔下來，我家人也是。他們在回家的路上不慎滑了一跤而摔了下去，結果除了我以外，其他人全都蒙主寵召了。」

男人瞇著眼睛說道。

「所以我有個想法，那就是讓重力從這個世界消失，好讓許多人能夠安心生活。一旦沒有了重力，大家就能幸福過日子。但是，我想不出任何讓它消失的方法，所以我離開自己的國家，像這樣四處旅行尋找知道那個方法的人。」

接著男人問喝著茶的老婆婆：「不曉得您是否知道有這樣的人呢?」

老婆婆把茶杯放下，搖著頭說：「很抱歉我不知道。」

不過男人也沒有表現出失望的樣子。

「我走過很多國家，但就是沒有遇到知道那種事的人，甚至有人跟我說那根本是不可能的事。不過，我不會放棄的，我會繼續找，直到我生命結束為止。我相信有一天一定會找到那個方法，然後帶著笑容回去故鄉。」

國家圖書館出版品預行編目資料

奇諾の旅：the Beautiful World／時雨沢恵一作；
莊湘萍譯．--初版--臺北市：臺灣國際角川，
2004-〔民93-〕冊；公分
譯自：キノの旅：the Beautiful World
ISBN 978-986-7664-77-8(第1冊：平裝). --
ISBN 978-986-7664-95-2(第2冊：平裝). --
ISBN 978-986-7427-08-3(第3冊：平裝). --
ISBN 978-986-7427-41-0(第4冊：平裝). --
ISBN 978-986-7427-60-1(第5冊：平裝). --
ISBN 978-986-7427-89-2(第6冊：平裝). --
ISBN 978-986-7299-19-2(第7冊：平裝). --
ISBN 978-986-7299-71-0(第8冊：平裝). --
ISBN 978-986-174-027-0(第9冊：平裝). --
ISBN 978-986-174-263-2(第10冊：平裝)

861.57　　93002314

Kadokawa
Fantastic
Novels

# 奇諾の旅X
## —the Beautiful World—

（原著名：キノの旅X—the Beautiful World—）

2007年3月10日 初版第1刷發行
2023年6月7日 初版第6刷發行

作者：時雨沢惠一
插畫：黑星紅白
日版設計：鎌部善彦
譯者：莊湘萍

發行人：岩崎剛人
總編輯：蔡佩芬
編輯：黎夢萍
美術設計：宋芳茹
印務：李明修（主任）、張加恩（主任）、張凱棋

發行所：台灣角川股份有限公司
地址：104台北市中山區松江路223號3樓
電話：（02）2515-3000
傳真：（02）2515-0033
網址：www.kadokawa.com.tw
劃撥帳戶：台灣角川股份有限公司
劃撥帳號：19487412
法律顧問：有澤法律事務所
製版：巨茂科技印刷有限公司
ISBN：978-986-174-263-2



---